I0529713

KEINEN RELEASE VERPASSEN

🔗 danielpschenk.com/de/newsletter

Über das Buch

Robert Aspireen™-Keeler ist frustriert: Obwohl ein wehrhafter Konsument in einer vom Konsum überrollten Welt, fühlt er sich leer und richtungslos. Die Wohnung kaum verlassend, ist sein einziges Fenster zur Welt das überzogene Fernsehprogramm und die gelegentlichen Gespräche mit dem Plakatkleber. Da taucht in den Medien der charismatische Heilsbringer Gilliam Carfield auf, der sich als Sohn Gottes bezeichnet. Redegewandt lehrt er den alten Glauben neu und schürt dabei ebenso viel Hoffnung wie Zweifel...

Über den Autor

Daniel P. Schenk, geboren im orwell'schen Jahr 1984, ist ein deutscher Autor und Filmemacher. Seine erste Veröffentlichung hatte er mit 17 Jahren, es folgten der Sci-Fi-Thriller THE VAULT (2003) und der surreale Kurzgeschichtenband UNREALITY (2006). Mit 19 Jahren produzierte er seinen ersten Kurzfilm A GAMER'S DAY (2005), der ihm zu weitreichender Po-  pularität unter Online-Videospielern verhalf, und der den Nachfolger THE CHEAT REPORT (2006) mit sich zog. 2016 erscheint sein erster abendfüllender Spielfilm, der Psycho-Thriller BEYOND THE BRIDGE. DPS lebt zurückgezogen im *German Outback* (Hunsrück) und interagiert mit der Welt vornehmlich über das Internet, wo man ihn über http://danielpschenk.com besuchen kann.

Daniel P. Schenk
Messias Vol. II
Eine Erzählung aus den Dystopian Tales

FALLENDREAM

Aus der Reihe "Dystopian Tales"
http://dystopiantales.com

Originalausgabe
Laufende Auflage (Print-on-demand)
© 2015 Daniel P. Schenk
Alle Rechte vorbehalten
Lektorat: Simone Reicherts
Umschlaggestaltung: Christian Kummer
Mitarbeit: Stefan Holler, Beate Braun, Tobias Langendorf
Verlag: FALLENDREAM, Simmern
Druck: CreateSpace, An Amazon.com Company

Umschlagillustration enthält Derivate folgender Werke: Sten Dueland,
"Sørbø Medieval Church (4)", lizenziert unter CC BY 2.0 – Skeletalm-
ess, "Vintage Grunge", lizenziert unter CC BY 2.0 – webtreats, "Webtreats 8 Grunge Textures and Pattern Set 7-1024px", lizenziert unter CC
BY 2.0. Informationen zu Lizenzen über https://creativecommons.org.

Bibliografische Information der Deutschen Nationalbibliothek: Die
Deutsche Nationalbibliothek verzeichnet diese Publikation in der
Deutschen Nationalbibliografie; detaillierte bibliografische Daten sind
im Internet über http://dnb.dnb.de abrufbar.

ISBN Taschenbuch: 978-3-933427-15-1
ISBN Kindle: 978-3-933427-16-8

http://fallendream.com

Für alle Menschen,
die auf ihre Weise glauben

Vorwort

Es fühlt sich zum Zeitpunkt dieses Schreibens, ein paar Tage vor Weihnachten 2015, so an, als wäre ich aus einem sehr langen Winterschlaf erwacht. Es fühlt sich an, als hätte ich die Augen geschlossen, sie geöffnet, und verwundert zehn Jahre übersprungen. Zehn Jahre wohl, in denen sehr viel passiert ist und die mein Leben nachhaltig geprägt haben – doch die mich auch abgehalten haben von meiner zweiten großen Leidenschaft, dem Schreiben, das streng betrachtet sogar meine erste war (lange noch vor meinem Debütfilm A GAMER'S DAY). Wie sehr ich es vermisst habe, stelle ich erst fest, wie die Müdigkeit allmählich von meinen Augen fällt.

Die Metapher ist nicht sehr belastbar, denn tatsächlich habe ich nie aufgehört, zu schreiben – zwischen all den hektischen Filmen, dem Studium und den Jobs gab es immer auch jene ruhigen Stunden am Word Prozessor (und zunehmend am Smartphone), an denen ich gemütlich in meinem Kopf einkehren und die geistigen Hausschlappen anziehen durfte. Aber sie hilft sehr gut, mein Gefühl zu beschreiben: Für die Welt war ich lange kein Autor mehr; höchstens ein Hobbyschreiber, der ab und an mit einem Textfragment aufwarten konnte. Es war nicht dasselbe, spüre ich nun, da ich kurz vor der Veröffentlichung des fertigen Werks stehe. Nachdem

die anstrengende Schöpfungsodyssee meines ersten abend-
füllenden Spielfilms BEYOND THE BRIDGE vorüber ist,
und mir ein schwerer Stein von der Seele gefallen ist, mache
ich also endlich dort weiter, wo ich 2005 aufgehört habe.

Meine letzte Buchveröffentlichung war UNREALITY,
ein Band surrealer Kurzgeschichten, der im Fahrtwasser
meiner satirischen Gaming-Dokumentation THE CHEAT
REPORT schwamm und eine seiner Geschichten verfilmt
bekam (WIMPERNSCHLAG). Seither haben sich viele Geschichten angehäuft, vollendete wie auch fragmentarische,
die nur darauf warteten, dass ihr Autor endlich den richtigen
Zeitpunkt und nötigen «Peace of Mind» abpasste (für alle
Leser, die mich noch nicht kennen: Ja, ich mag Anglizismen
sehr). Ich entschied mich zunächst für die DYSTOPIAN TA-
LES, einen Zyklus über fehlgeleitete Zukunftsgesellschaften,
aus denen bereits mein erster Roman THE VAULT hervor-
gegangen ist, und hier wiederum für MESSIAS VOL. II, eine
Erzählung über die Wiederkehr des Heilands in einer konsu-
müberfrachteten Konzernwelt. Ich genieße es, wie sich die
Geister an der Person des vermeintlichen Erlösers Gilliam
Carfield scheiden, und auch an der Person unseres Protagonisten, der das Geschehen aus sicherer Distanz beobachtet.
Es war mir ein Anliegen, die Themen Religion und Konsum
auf ungewöhnliche Weise miteinander zu verquicken, und
ich glaube, zu einem interessanten Ergebnis gelangt zu sein.

Ich bin gespannt, was du davon hältst, und überhaupt, was
du von allen nächsten Geschichten halten wirst. Denn ich
wünsche mir, dass diese zehn Jahre sich auf diese Weise nie
wiederholen mögen, dass mich das Schreiben auch professi-
onell nie wieder verlassen wird und vor allem, dass du, *genau
du als Leser dieser exakten Zeilen* – von wo auch immer ich dich
heute abhole – mich auf dieser Reise begleiten wirst.

Auf keinen Fall darfst du verpassen, dich in meinen Newsletter einzutragen unter

∞ danielpschenk.com/de/newsletter,

denn die Tentakel meines Distributionsmonsters sind kurz und ich habe als unabhängiger Autor kaum eine Chance, dich anders auf neue Veröffentlichungen aufmerksam zu machen. Auch freue ich mich sehr über dein Feedback per E-Mail an

✉ feedback@danielpschenk.com.

Dies alles vorangeschickt, bleibt mir nichts anderes übrig, als dir viel Spaß bei der Lektüre der vorliegenden Geschichte zu wünschen. Möge sie dich unterhalten, bereichern und inspirieren.

- Daniel P. Schenk, 21.12.2015

I

»Wir leben in einer Zeit der Verunsicherung. ›Was sind schon innere Werte?‹, fragen wir uns, wo sie der gleichen Kurve zu unterliegen scheinen wie ein Aktienkurs an der Börse. Inflation, Deflation, Stagnation – Begriffe, die einst die materielle Kaufkraft ausdrücken sollten; sie besaßen eine solche Schwere, dass sie uns vom Hirn ins Herz rutschten. Der Geist überschattet die Materie nicht mehr; bestenfalls streitet er sich um das gleiche Licht. Alles ist eingeebnet, geglättet, ebenbürtig – und schon höre ich die Leute fragen: *Lohnt* es sich, diesen Menschen zu lieben? *Rentiert* es sich, Wärme zu *investieren*? *Zahlt* es sich aus? Und ich sehe die Menschen, wie sie sich unsicher an die große Börsentafel wenden und fragen: Ist Liebe im Wachstum begriffen? Oder befindet sie sich in einer Depression? Ich sehe, wie sie panisch ihre Aktien abstoßen, wenn das Gute keinen Gewinn verzeichnet und ich spüre die Kälte, die daraufhin die großen Hallen umgibt. Mitleid, Barmherzigkeit, Charakterstärke, Aufrichtigkeit, Fairness, Toleranz – Werte, die verhandelbar sind. Im Aktienindex gleich neben Suni und Mykesoft nachzuschlagen. Mitleid: Drei Punkte gesunken, fern halten. Toleranz ist groß im Kommen, Insidertipp! Kaufen, kaufen, kaufen! Aber den Absprungpunkt nicht verpassen. Wen scheren schon die paar Verbrannten, die da zu Geächteten wurden? Jeder ist für sich selbst verantwortlich. Doch Achtung: Dir geht es genauso schnell an den Kragen! Kaufe Charakterstärke lieber ein, solange sie noch günstig ist, doch werfe sie ab, bevor ihr Kurs unter dem Einkaufspreis liegt. Sonst bist auch du raus aus dem Spiel. Oh ja. So sieht das Leben von vielen aus. Und ich frage euch: Ist das der Weg, den wir gehen wollen? Ist persönliches Glück mit den Werkzeugen der Habhaftigkeit zu messen? Dürfen wir wirtschaftliche Erwägungen in Betracht ziehen, wenn unsere Gefühle handeln sollen? Ist Liebe nicht mehr als eine schwankende Zahl? Sollten unsere geistigen Werte nicht der Fels in der Brandung sein, gegen den die Gischt des Wandels so viel peitschen kann sie will? Doch woher die Sicherheit nehmen, wenn ihr die Quelle fehlt? Wie könnten wir *nicht* in einer Zeit der Verunsicherung leben! In einer Zeit, wo Kapitalanlagen Tempel sind und Relativität das einzig Absolute, bedarf es da nicht mehr denn je einer Kraft, die außerhalb steht? Oberhalb? Eine ursprüngliche, eine schöpfende, eine aus sich selbst heraus bestehende Kraft, die niemals mit dem Verstande, sondern nur mit dem Geiste zu erfassen wäre, weil sie so unglaublich groß und machtvoll ist? Eine Kraft, der nur der pure Glaube gewachsen ist, deren Tempel ohne Geldanleihen besteht und deren Unabänderlichkeit ohne Formeln aus Masse und Geschwindigkeit? Eine Kraft, die Trost spendet und Stärke gibt, weil sie so unmessbar gütig und wohlwollend ist? Eine solche Kraft gibt es. Diese Kraft – ist Gott. Und er hilft uns in dieser Zeit mehr denn je zu erkennen, was wirklich von Dauer ist, sind wir nur bereit, seinen Worten Gehör zu schenken. Wir finden leicht zu ihm, wenn die Entscheidung erst einmal getroffen ist: Wir müssen nur still sein – und unserem Herzen lauschen. Und haben wir ihn schließlich gefunden, dürfen wir eines nie vergessen: *Gott trinkt Meta-Cola*™.«

Das strahlende Weiß seiner Zähne, die sich in einem professionellen Lächeln unter den wulstigen Lippen hervor kämpften, wurde in seiner Grelle nur noch von den Rückenlichtern überboten, die sich just in jenem Moment auf den dunkelbraunen Inhalt fixierten, wo er die üppig geformte Glasflasche hinter der Kuppel hervorholte. Die Studiokirchengäste applaudierten, als Bischof Gebruederlich seine Predigt beendete und regungslos mit der rot-weiß plakatierten Flasche auf Kopfhöhe verharrte, das Lächeln gespenstig nett. Die vom Live-Orchester eingespielte Erkennungsmusik – zu besonderem Anlass mit einer Orgel als Hauptinstrument – tat ihr Übriges. Und schon hörte man den Kirchenchor den Slogan aller Slogans singen: »*Forever... Meta... Cola!*« Das »Forever« lang gezogen, das »Meta« mit bedachter Weiche, das »Cola« mit zufriedener Entschlossenheit.

Schließlich verdunkelte sich das Bild, das jubelnde Klatschen verebbte. An der Dauer, mit der sich diese Abblende vollzog, konnte man gut erkennen, dass Meta-Cola auch nach über hundert Jahren und unzähligen Krisen noch zur absoluten Konzernelite gehörte – immerhin kostete gerade jetzt, zur Hauptsendezeit, jede Sekunde Tausende von Points. Das Bild war schwarz. Es folgte der nächste Werbespot.

Robert Aspireen™-Keeler schaltete die VisuWall™ verächtlich ab. Ein überlegenes Lächeln huschte über sein Gesicht. Zweifelsohne lebten sie in einer Zeit der Manipulation, doch als aufmerksamer Beobachter – als aktiver Konsument – hatte er sich immer zum Kreis jener gezählt, die über der gewöhnlichen Massenblendung standen. Diese Predigt zum Beispiel war nicht, was sie vorgegeben hatte zu sein. Denn in Wirklichkeit wurde gar nicht um Meta-Cola geworben, sondern viel eher um die neue One-Step-Hyperbleaching™

Methode*, die natürlich weiße Zähne in nur einem Arbeitsschritt versprach; auch, wenn das gar nicht in Meta-Colas Absicht gelegen hatte. Wie hieß das noch gleich? PIPP, wenn er nicht irrte, *Product-In-Product-Placement*™**. Die Werbung in der Werbung. Bei der Masse an hochwertigen Produktinformationen eine sehr raffinierte Methode, um subtil für sein Produkt zu werben. Hoch illegal, wenn wie hier praktiziert, doch genauso schwer nachzuweisen. Und teurer als erwartet. Es mussten ungeheure schwarze Summen bereitgestellt werden, um die Werbeverantwortlichen davon zu »überzeugen«, die Aufmerksamkeit in ihrem Spot auf ein weiteres Produkt zu lenken. Doch wenn es glückte, erfreute sich dieses Prinzip ungemeinen Erfolgs: Der Zuschauer, von der großen Menge offensichtlicher Zurschaustellungen ermüdet, entwickelte ein unbewusstes Interesse an Nebensächlichkeiten und wurde von dem *Product-In-Product* in seinen Bann gezogen. Angeblich hatten die großen Konzerne dieses Phänomen bereits rationalisiert und geheime, gegenseitige PIPP-Verträge ausgehandelt, die ganz ohne Schmiergelder auskamen, auf der höchsten Ebene zumindest. So warb Suni™ für Infologies™ und Infologies für Suni; Magnetech™ für Mykesoft™ und Mykesoft für Magnetech. Doch in diesem Fall... Robert bezweifelte, dass Meta-Cola, die die Neue Unikonfessionelle Kirche (letzte Fusion '21 mit dem Katholischen Block) für ihr Sponsoring-Programm '26 gewinnen konnte, einen Nutzen aus einem gegenseitigen PIPP-Vertrag mit Dent-O-Master zog. Im Ernst; Dent-O-Masters PopQuot™*** lag gerade mal bei *50.6*! Im Vergleich zu Meta-Colas *8.3er* konnte er sich verstecken.

Robert machte sich von seinem diffusen Gedankenstrom frei und erhob sich. Obgleich dieser Akt in erster Linie dazu diente, sich selbst seine Entschlossenheit zu demonstrieren, wieder an die Arbeit zu gehen, überfiel ihn Sekunden später ein überwältigendes Gefühl der Träge. Um sich vor seinem Ego nicht zu blamieren, entschied er sich, zumindest in die Küche zu stapfen, wenn es schon nicht für das Arbeitszimmer reichte.

Es war einfach einer jener Tage, an denen man zu nichts Lust hatte.

Es war ein Tag wie jeder andere.

Von einem Kaffee erhoffte er sich neue Kraft – BohnenBestes Schwarzes Feuer™, wenn er die Kaffeeklausel seines Nahrungsmittel-Abonnements richtig im Kopf hatte. Gutes Aroma. Auch, wenn das brasilianische Feuer der Leidenschaft in Wahrheit in deutschen Raffinerieöfen brannte.

Sekunden nachdem er die Kaffeemaschine angestellt hatte, musste er seinen Plan allerdings wieder aufgeben: Sie zerfiel scheppernd. Verärgert stellte er fest, dass sie tatsächlich *an jeder einzelnen* Sollbruchstelle gebrochen war – wenn er sich auch einer gewissen Anerkennung über die Präzision nicht erwehren konnte. Er musste die im Schrotthaufen deutlich hervortretende Plakette nicht lesen, um zu wissen, dass heute die sechsmonatige Garantie um genau vierundzwanzig Stunden überschritten war. Vierundzwanzig Stunden, die der Konzern als Puffer für seinen rechtlichen Apparat im Falle eines Irrtums benötigte. Hier lag keiner vor. Ängstlich blickte Robert zurück ins Wohnzimmer zur Couch; er hatte beides am gleichen Tag erworben. Als er aber die vielen, eingestickten Werbeplakate entdeckte, atmete er auf. Er hatte die gesponserte Variante der Sitzgelegenheit erworben, der aus nachvollziehbaren Gründen eine wesentlich längere Garantie innewohnte.

Nie wieder würde er sich eine ungesponserte Kaffeemaschine kaufen, was war bloß in ihn gefahren!

Es klingelte an der Tür.

Stöhnend erhob er sich erneut; auf Gesellschaft hatte er noch weniger Lust als auf einen kaffeelosen Nachmittag.

»Hallo Robert Aspireen-Keeler! Hast du schon was vom neusten PM-Trendautoren gehört? Daniel P. Schenk, verrückte Geschichten, im Infostrom unter http://danielpschenk.com zu erreichen! Schau mal vorbei!«

Robert seufzte. Ned Magnetech-Wilson. Wäre die Gesellschaft ein Speer, Ned wäre seine Spitze gewesen.

»Hi Ned. Freu' mich auch, dich zu sehen. Komm rein.«

Aber Ned machte keine Anstalten. »Schaust du auf der Infoseite mal vorbei?«, beharrte er.

Robert atmete hörbar genervt auf. »Ja, ich schaue mal auf http://danielpschenk.com vorbei. DANKE FÜR DEN TIPP!« Den letzten Satz schrie er fast auf den Flur.

Ned nickte zufrieden und schaltete ein hervorgeholtes Aufnahmegerät aus. »Danke, Robby. Damit hätte ich hundert zusammen.« Er trat ein. »Bin zurzeit im Post-Mortum-Trendsetter-Partnerprogramm. Da ist einiges zu holen, sag ich dir.«

Routiniert fragte Robert, während er zurück in die Küche schlurfte: »Welcher Popularitätsquotient?«

»Bei Infologies' offiziellem PopQuot erreichen sie immerhin *181.9*, aber in Neutral Market Researchs Zielgruppen-PopQuot-B™ ganze *70.2*! Hast du Kaffee?«

»Kaffee ja, aber keine Maschine mehr.«

»Die Garantie?«

»Ja. Neutral Market Research verkauft PopQuots, die zählen nicht. Da bleibe ich lieber bei Infologies, die haben das wenigstens nicht nötig. Und eine *181.9er* Firma kann sich ein attraktives Partnerprogramm leisten?«

»Aber ja, gerade die! Dann reich' mir nur das Pulver rüber.«

»Reden wir jetzt von demselben PopQuot? *Der* Quotient, der angibt, alle wie viele Minuten der fiktive Durchschnittsbürger Harryman Biedermayr eine Sekunde lang von einer gegebenen Firma behelligt wird? Hier bitte.«

»Genau der. Danke. Oh, *BohnenBestes' Schwarzes Feuer*! Das kann man auch ohne Wasser zu sich nehmen. In der Werbung heißt es, das Pulver ginge schon mit wenigen Tropfen Speichel eine wohlschmeckende, chemische Verbindung ein. Ideal für Reisen.« Er nahm eine Handvoll in den Mund.

»Kaffeebrei, hm? Reizend. Und eine Firma, die sich nur alle *181.9* Minuten ins Gedächtnis ruft, hat genügend Ressourcen, um Leuten wie *dir* ansprechende Vergünstigungen zu zahlen? Ich kann mir das einfach nicht vorstellen.«

»Immerhin. Man hört alle drei Stunden etwas von den Jungs. Das darf man nie vergessen.« Mit jeder Mundbewegung offenbarte sich eine schwarze Schlacke zwischen seinen Zähnen. BohnenBestes.

Robert schüttelte den Kopf. »Unsinn. Der Quotient führt in die Irre. Er wird aus so vielen Einzelkomponenten gebildet, dass der resultierende Durchschnittswert kaum mehr anwendbar ist. Sie müssen nur einmal pro Monat einen mehrminütigen Spot zeigen, und schon haben sie ihren Quotienten. Das heißt aber noch lange nicht, dass ich etwas von ihnen gehört habe.«

»Andere dafür vielleicht umso mehr.«

»Ja, ja, mag sein. Aber das ist nicht der Punkt. Ich will nur sagen...« Robert ächzte und ließ sich wieder am Küchentisch nieder. »Ach, vergiss es. Am Ende macht der Quotient schon Sinn. Für alle. Nur für den Einzelnen nicht.«

Ned nahm noch eine Handvoll Kaffee. »Sag mal Robby, was ist eigentlich los mit dir?«

»Das frag ich mich, seit ich in einen Spiegel sehen und meinen Namen denken kann.«

»Du scheinst nicht sehr zufrieden zu sein.«

»Womit sollte ich auch zufrieden sein? Bist du denn zufrieden, *Ned Magnetech-Wilson*?«

Ned dachte kurz nach. Anhand seiner sich aufhellenden Miene konnte man meinen, er habe soeben die Erleuchtung erfahren. »Es liegt an deinem Geburtensponsoring, oder? Du ärgerst dich, dass deine Eltern auf eine sterbende Marke gesetzt haben. Ich kann mir gut vorstellen, dass dein letzter Quartalscheck von der Firma – wie hieß sie noch gleich? – sehr mager ausgefallen ist. Zumindest, wenn ich mich hier so umsehe. Nach dem neuen Gesetzesentwurf für ›Staatliche Zuwendungen‹ ist es ja praktisch unvermeidlich geworden, zum gekürzten Gehalt einen kleinen Zuschuss zu erhalten. Du hättest es eben wie ich machen sollen: Bis zu deinem dreizehnten Lebensjahr stand es dir offen, das Pferd zu wechseln. Ich kam auch nur ins Magnetech-Geburtensponsoring, weil ich mich dafür durch harte Arbeit qualifiziert habe. Die nehmen nicht jeden, nur ›aktive Werbeträger‹.«

»... womit du ja keine Probleme hast. Aber um all das geht es mir nicht. Sicher könnte meine Brieftasche ein paar Infusionen vertragen, aber... ich weiß auch nicht. Es ist mehr die Gesamtsituation. Ich habe heute wieder mal Bischof Gebruederlich zugehört, und mich ernsthaft–«

»Ah ja, die neue Meta-Cola Kampagne! Eine wahre Augenweide. Und mit dem Bischof haben sie ein echtes Zugpferd gewonnen, ohne Frage.«

»Ja...« Robert wollte es bleiben lassen. Es hatte keinen Zweck. Doch einem Wunder gleich, das Robert nie wieder beobachtete, öffnete sich plötzlich der Oberflächlichkeitenpanzer seines Gegenübers und ließ für einige wenige Sätze eine Lichtgestalt hervortreten, die Robert noch nie im ruppigen, leichtlebigen Ned Magnetech-Wilson erblickt hatte.

»Aber ich weiß, worauf du hinaus willst, Rob. Vielleicht fehlt dir einfach der Plan hinter allem. Hast du schon was von Gilliam Carfield gehört? Vielleicht könntest du genau den einmal vertragen.«

»Wer ist das?«

»Der Typ ist ein echter Insidertipp. Dauert aber nicht mehr lange, und er ist ganz groß, versprochen. Vielleicht schon nach seiner Predigt auf dem World Union Center morgen Abend. Der Junge hat echt was zu sagen.«

Ein spöttisches Schmunzeln umfing Roberts Lippen. »Und für welches Partnerprogramm hast du das vom Stapel gelassen?«

Ned hob abwehrend die Hände.

»Ah, verstehe. Verschwiegenheitsklausel.« Er zwinkerte Ned zu. »Und was ist das für einer?«

»Der Typ behauptet, er sei ein Bote Gottes... ein Heilsbringer, wie in der Bibel. Es ist schwer zu erklären, du musst ihn gehört haben.«

»Ach so.«

Betretenes Schweigen, das nicht so recht wusste, wieso.

»Na ja«, schloss Ned schließlich. Die Lichtgestalt in ihm war längst wieder verschwunden. »Kannst ihm ja mal 'ne Chance geben. Er tritt nächste Woche bei der Johnny Stone Show auf.«

»Ja. Ich gebe ihm 'ne Chance.«

War Neds wundersam-eindringliche Aura nur zu Präsentationszwecken gespielt gewesen, so konnte sich sein Werbepartner glücklich schätzen: Er hatte eine tolle Show gebucht.

II

Leises Plätschern, gepaart mit dumpfer Musik, ließ Robert aus einem traumlosen Halbschlaf erwachen. Es war kühl, sehr kühl, und die Kälte stieß schubweise gegen seinen Nacken. Benommen richtete er sich auf, was die zerknitterte Decke und das auf Kante liegende Kissen dazu veranlassten, endgültig von der Couch zu rutschen. Im Hintergrund redete jemand – leise, monoton, pausenlos, was es leicht machte, das Geräusch zu ignorieren. Entnervt stellte Robert fest, dass er sich in seiner angewinkelten Pose eine Ganzkörperverspannung zugezogen hatte. Vom pulsierenden Nacken ganz zu schweigen. Seine Müdigkeit wich um einige Meter, als er feststellte, dass sich wieder einmal der Autokauf-Kanal™ eingeschaltet hatte, und dass die Stimme einem leblosen, aber äußerst professionellen Mittsechziger gehörte, der diverse Waren anpries. Bertrand Schwartz, praktischerweise auch der Erfinder des Kanals.

»... aber damit noch lange nicht genug! Denn mit dem neuen Hinkelmann Tomatensaft-Extraktor™ können Sie auch das Fleisch schmackhaft weiterverwerten! Wie? Ganz einfach...«

Eine neue Kältewelle schlug ihm entgegen. Der Blick wanderte zum Fenster – es war offen. Draußen regnete es.

Aber da war noch mehr: Musik. Als Robert das Fenster schließen wollte, sah er ihren Ursprung. Am Querstraßenzug marschierte eine Parade auf. In regelmäßigen Abständen stachen Banner mit der Aufschrift »Powered by Suni« aus den Reihen.

»Stimmt ja«, ging es Robert durch den Kopf, »Wir haben der Mittelamerikanischen Trinität den Krieg erklärt. Wo ich diese Tage nur mit meinen Gedanken bin...«

Es hatte irgendetwas mit einer wiederholten Menschenrechtsverletzung der panamaischen Landesverwaltung zu tun. Dieses Mal könnte der Kampf aber durchaus interessant werden, da die Trinität einen mächtigen Finanzier gefunden hatte: Infologies. Analysen hatten gezeigt, dass Mittelamerika ein vielversprechender Markt werden könnte. Einen Krieg in Petto zu haben war also kein verkehrter Gedanke. Fast wäre es sogar Meta-Cola geworden, aber im letzten Moment machten sie wegen ihrer '26er Kampagne einen Rückzieher. Bischof Gebruederlich auf der einen, mittelamerikanischer Krieg auf der anderen Zeitungsseite? Das gab nichts her. Imagepflege. Infologies hingegen kannte derlei Probleme nicht. Ihr Slogan: »The Winner For The Best.«

Ein neuer Windzug, zusammen mit einigen kühlen Tropfen Nass. Ein grimmiges Lächeln – wie froh er doch war, nicht zu den rund hunderttausend Wehrpflichtigen da unten zu zählen, die in diesem Wetter ihrem Ende entgegen trabten. Denn wenn die großen Firmen zwischen den kostenlosen Wehrpflichtigen und ihrer eigenen Söldnerarmee wählen mussten, fiel das Los selten zu Ungunsten der teuer ausgebildeten Berufskrieger. Alles andere wäre unökonomisch gewesen. Die Regierung stellte das Material, also warum nicht vorrangig verbrauchen? Immerhin konnte man als junger Wehrpflichtiger so von sich behaupten, Teil der nächsten

Kriegsbewerbungskampagne geworden zu sein (von welcher Seite, blieb fraglich), oder Aufnahme in einen der neuesten Anti-Kriegsfilme gefunden zu haben (Santa Barbaras Studiobosse zahlten Unsummen für gutes Kriegsmaterial!), solange es einen nur übel genug erwischt hatte.

»... alles, was Sie dafür tun müssen, ist die nächsten 30 Sekunden dran zu bleiben! Für lächerliche 60 Points* können Sie schon in wenigen Momenten...«

»Fuck!« Robert hastete zur VisuWall und schaltete panisch ab. »Mistkerl, elender.« Mit wachsendem Unmut überprüfte er das Programmprotokoll des Nachmittags. »Wie ich's mir dachte...«

Der Autokauf-Kanal lief schon eine ganze Weile. Als Robert eingenickt war, hatte er sich irgendwann ganz still und heimlich aktiviert. Das war zwar streng genommen verboten, aber das Bußgeld, das der Sender – der Regierung wohlgemerkt – für diesen erzwungenen Kanalwechsel zahlen musste, wurde doppelt und dreifach durch die Verkäufe eingenommen. *Informations- und Kaufnötigung* hieß dieses Verbrechen. Und ihm zum Dank hatte Robert während des Schlafs zwei Küchenmessersets, drei Stehlampen, ein Duftölsortiment, einen Satz Bananen-Eigenheim-Zöglinge, zwei Teddybären und eine Kaffeemaschine erworben. Kaffeemaschine? Wenigstens das.

»Ich muss mir dieses Autoalarm-System™** zulegen.«

Die konnten einem erzählen, was sie wollten – aber das

---

war alles eine große Verschwörung. Wenn die VisuWall nicht von der Ausstrahlerseite her manipulierbar gewesen wäre und nicht Zugriff auf die persönlichen Daten des Empfängers gewähren würde, wäre auch eine Erfindung wie der Autokauf-Kanal hinfällig gewesen. Und warum konnte das Autoalarm-System nicht schon integriert sein!

Leise fluchend schmiss Robert die Fernbedienung weg und ließ sich missgestimmt zurück auf die warme Couch fallen. Was nun? Da fiel ihm wieder Magnetech-Wilson ein. War es schon wieder eine Woche her, dass er mit ihm gesprochen hatte? Tatsächlich. Er hatte etwas von Gilliam Carfield gefaselt und dass er heute Abend bei Johnny Stone auftreten würde. Hm. Er hob die Fernbedienung wieder auf und schaltete auf Kanal Positiv. Was er in jener Woche über Carfield aus den Medien erfahren hatte, bot ihm ein sehr zwiegespaltenes Bild über den selbsternannten Gottesboten. Heilsbringer hieß es da, Scharlatan dort. Für die einen war er ein strahlender Stern der Hoffnung, für die anderen ein düsterer Mond der Täuschung. Nur in einem schien man sich einig: Nach seiner Predigt auf dem World Union Center war er zu dem Überraschungs-PopQuot-Sprenger des Frühlings geworden. Gestern belief sich sein PopQuot auf *19.1*, heute war er schon bei *13.4*! Nach dem Auftritt bei Stone würde er sicher im Top Ten Bereich rangieren.

»Und nach der Werbung sehen Sie live bei Johnny Stone – exklusiv und erstmalig – den berüchtigten Gilliam Carfield in der Sendung ›Zwischen Sein und Schein‹! Bleiben Sie dran.«

Robert verspürte ein ungewöhnliches Gefühl der Vorfreude. Er hatte Carfield bislang nur in vereinzelten Nachrichtenbeiträgen und Amateuraufnahmen seiner Heilstour gesehen; die große Predigt hatte er verpasst. Er war gespannt, was es mit all den Gerüchten und Behauptungen auf sich hatte. Stone würde ihm einheizen, soviel stand fest. Er galt nicht umsonst als »unbestechlicher Journalist in einer Zeit der korrumpierten Blenderei«. Ein Donner durchfuhr das graue Himmelzelt hinter dem Fenster, der Regen gewann an Stärke.

»Verheißungsvoller Willkommensgruß für den Messias«, dachte Robert hämisch und zog die Decke enger um seine Brust.

III

»Meine Damen und Herren, herzlich willkommen zur Johnny Stone Show! Heute mit der Sendung ›Zwischen Sein und Schein‹ und dem Hauptgast Gilliam Carfield! Und nun, verehrtes Publikum, Applaus für Ihren Gastgeber Johnny Stone!«

Der Jubelapplaus – eine Mischung aus synthetischen Klängen und von Animatoren provozierten Publikumsklatschern – schwoll an, als ein knapp vierzigjähriger und mehr interessant als attraktiv geschnittener Mann in legerem Outfit die Bühne betrat. Mit zuversichtlichem Lächeln winkte er den Zuschauern entgegen.

»Guten Abend–«

Der Applaus schwoll an. Er nickte dankend und setzte erneut an.

»Guten Abend meine–«

Doch die Stimme ging im Verstärkerunwetter unter. Seine Zuversicht wandelte sich in eine gespielte Verlegenheit, das Lächeln scheu zu Boden, er wartete auf ein Neues. Der Applaus verhallte allmählich.

»Vielen Dank. Guten Abend meine Damen und Herren und allen Zuschauern da draußen. Und ich würde mich nicht wundern, wenn das heute eine ganze Menge wären, denn es erwartet Sie in unserer Sendung heute Abend ein aufregendes Programm, interessante Gäste, eine scharfe Kontroverse und natürlich der Shootingstar des Jahres.« Er hielt abrupt inne und zwinkerte in die Kamera. »Ich muss ihn nicht mehr vorstellen, oder?« Er machte einen Schritt zurück und schlug sich ratlos in die Hände. »Aber dafür werde ich immerhin bezahlt. Er wird als *der* neue religiöse Führer der Stunde gehandelt. Seine Ansprache auf dem World Union Center vor Tausenden von Zuhörern gilt schon jetzt als Meilenstein der Religionsgeschichte und macht nur noch als berüchtigte ›Betonpredigt‹ die Runde. Menschen, die ihm begegneten, sprachen von einem fleischgewordenen Wunder. Seine Heilstour quer über den Globus bekehrte schon Zehntausende zu einem neuen Glauben. Er behauptet von sich selbst... doch lassen Sie es ihn in seinen eigenen Worten sagen. Meine Damen und Herren, Gilliam Carfield!«

Erneuter Applaus, eingespielte Musik. Aus der Plastikkulisse im Hintergrund trat, begleitet von gleißendem Licht und dichtem Nebel, die Silhouette eines geschmeidigen Mannes. Als ihn das Effektgehasche freigegeben hatte, offenbarte sich eine attraktiv-gepflegte, elegant gekleidete Gestalt in ihren frühen Dreißigern. Und obwohl die wachen Augen, der verschmitzt-verzogene Mund und die offene Stirn von einer tiefen, aufmerksamen Intelligenz zeugten, hätte man lügen müssen, wenn man von Begleiterscheinungen wie Verschlagenheit, Distanz oder Arroganz reden wollte. Die Person erreichte Stone und das prägnant gezogene, aber weiche Gesicht hellte sich zu einem freundschaftlichen Lächeln auf. Sie gaben sich die Hand und Stone bedeutete ihm auf dem Sessel neben sich Platz zu nehmen. Er selber setzte sich ihm gegenüber, getrennt von einem avantgardistischen Glastisch. Der Applaus verstummte erneut.

»Mister Carfield, zunächst einmal herzlichen Dank, dass Sie heute —«

»Bitte nennen Sie mich Gil.«

»Wenn das so ist – vielen Dank für Ihr Kommen, Gil.« Carfield nickte aufmerksam.

»Nun Gil, ich will nicht lange um den heißen Brei herumreden. Viele Leute brennen darauf, Ihre Behauptung aus Ihrem eigenen Mund zu hören. Sie hat bisweilen schon große Kontroversen hervorgerufen, und—«

»Zunächst würde ich gerne etwas richtig stellen, John.« Seine Stimme hatte einen angenehmen Klang; nicht sanft im klassischen Sinne, in gewisser Weise sogar rau. Man konnte hören, dass sie schon oft den Ton angehoben hatte, und dass sie gewaltig werden konnte, wenn es eines solchen Temperaments bedurfte. Doch gerade jetzt war sie ruhig und besonnen, frei von Untertönen, klar im Ursprung. Ein selbsterwählter Klang, kein Sklave physischer Beschaffenheit, sondern Produkt eines durchblickenden Geistes.

»Sie sagten, ich hätte überall auf der Welt Menschen zu einem neuen Glauben bekehrt.«

»Bestreiten Sie das etwa?«

»Es ist kein neuer Glaube, den ich lehre, im Gegenteil. Es ist der alte. Und bekehrt habe ich niemanden. Ich habe nur einen anderen Weg aufgezeigt. Wer ihn wählte, tat dies aus freien Stücken.«

»Ergeben Sie sich jetzt nicht in Haarspalterei?«

»Nein, John. Denn wie der Verlauf dieses Gesprächs noch zeigen wird, hängen die Menschen sehr an den Worten. Und wie wir ebenfalls sehen werden, ist es mein größter Wunsch, dagegen anzugehen. Doch bis dahin sollte man besser mit den Mühlen mahlen anstatt gegen sie zu kämpfen, wenn Sie verstehen, was ich meine.«

»In etwa. Sie sagen: Besser adaptieren als untergehen?«

»Ich sage: Rebellion ohne Plan ist wie ein Gebet ohne Glaube – eine ziemlich sinnlose Sache.«

Lacher.

»Sie sehen sich also als Rebell?«

»Ich sehe mich als Menschen, der etwas zu sagen hat und sich davon eine Änderung erhofft.«

»Doch damit nicht genug, habe ich Recht? Kommen wir zurück zu Ihrer Behauptung, Gil.«

Carfield nickte. »Wenn Sie auf meine Herkunft anspielen: Ja, ich bin der Sohn Gottes.«

Dumpfer Aufruhr im Publikum; ein Brei aus Belustigung und Entrüstung. Der Seitenblick des Moderators gespielt nebensächlich.

»Eine sehr interessante Behauptung. Mit anderen Worten, Sie sind der wiederauferstandene Jesus Christus?«

»Nein, das würde der Sache nicht gerecht. Ich bin Gilliam Carfield.«

»Sie sind also... Jesus' Bruder?«

Kurzes Auflachen, vereinzelte Klatscher.

»Nicht direkt. Ich bin nicht Jesus, weil ich als Gilliam Carfield geboren wurde. Dennoch steckt das, was Jesus zum Sohn Gottes machte, auch in mir.«

»Also der göttliche Samen?«

Carfield zwinkerte Stone zu. »So in etwa, auch wenn Sie jetzt polemisch werden. Einigen wir uns darauf, dass ich der ›Jesus Christus unserer Zeit‹ bin, einverstanden?«

»Von Einigung kann keine Rede sein, fürchte ich! Denn außer Ihren Worten spricht nichts dafür, dass Sie Recht haben. Aber ich denke, dass unser zweiter Gast das Problem viel besser in Worte fassen kann als ich. Meine Damen und Herren, begrüßen Sie mit mir – Jesus von Nazareth!«

Applaus. Aus der Kulisse entstieg ein in weiße Laken gehüllter Mann mit langen, glatten Haaren und dichtem Vollbart. Immer wieder vereinzelte Herde des Gelächters. Anstatt den beiden Sitzenden die Hand zu reichen, faltete er die Hände und nickte ihnen zu. Dann nahm er auf dem Sessel neben Carfield Platz, der aus dem Schmunzeln kaum heraus kam.

»Was findest du so lustig, mein Sohn?«, fragte der Gewandträger.

»Verzeihen Sie mir bitte. Ich wollte nicht respektlos erscheinen, es ist nur – Sie haben das westliche Klischee des biblischen Christi stilsicher getroffen.«

»Ich weiß nicht, was du meinst – ich bin Jesus Christus.«

Das Publikum begann unter Jubelpfiffen zu klatschen.

Carfield nickte mit wehmütigem Lächeln. »Ja, das dachte ich mir schon.«

Stone schaltete sich mit schelmischem Grinsen ein. »Vielen Dank, dass Sie unserer Einladung nachgekommen sind, Herr von Nazareth. Ja Gil, jetzt haben wir ein Problem, oder?«

Carfield besah sich den vermeintlichen Messias und fragte schließlich: »Wieso?«

»Es steht immerhin Wort gegen Wort.«

»Wenn er wirklich glaubt, er sei Jesus Christus, und wie ich Sie kenne, John, tut er das auch, hat er es doch gut getroffen.«

Der Bärtige nickte. »Ich bin Jesus Christus, mein Sohn. Ich schwöre es bei allem, was mir heilig ist.«

»Das schon«, meinte Stone, den selbsternannten Nazareth ignorierend, »aber woher sollen wir wissen, dass nicht *er* der wahre Christus unserer Zeit ist? Immerhin hat er es gerade geschworen.«

»Sie können es nicht wissen. Vielleicht ist er es.«

»Das würde aber heißen, dass Sie ein Scharlatan sind! Oder schickt Gott neuerdings mehrere Söhne auf einmal?«

»Natürlich nicht, ich bin der einzige Sohn Gottes!«, empörte sich der Gewandtragende.

»Wenn Sie es sagen, Herr von Nazareth. Stimmen Sie dem zu, Gil?«

»Für sich ist er Jesus, doch ist er es für Sie? Ich sage Ihnen: Wenn er Sie davon überzeugt, dass er Jesus ist und Sie aus tiefstem Herzen an ihn glauben, ja, dann ist er der wahre Sohn Gottes.«

Millionen Augenpaare, die sich in diesem Moment auf die befremdliche Erscheinung aus Weiß und Haar richteten.

»Sehen Sie, John, das grundlegende Problem, was Glauben – den ich Ihnen gerade näher bringen wollte – und rationelles Denken – das Sie mir vermitteln wollten – in der Diskussion haben, ist, dass sie unterschiedliche Sprachen sprechen. Die Worte des Glaubens sind in der Kausalität des rationellen Denkens ohne jegliche Bedeutung; ebenso mangelt es der Wissenschaft an Argumenten mit Kraft – denn der Begriff ›Argument‹ an sich verliert im Glauben an jedweder Konsequenz. ›Ich glaube, weil...‹ wäre in einem religiösen Schulaufsatz schon eine Note-Sechs-Einführung, wenn Sie mir diese Verbildlichung erlauben.«

»Und wie steht es mit Philosophie? Der Religionsphilosophie beispielsweise?«

»Ein zuweilen masochistisches Spiel. Die Philosophie erweckt den Eindruck, den Glauben rationalisieren zu können. Und tatsächlich reduziert sie im Dialog die Wand zwischen Glauben und Rationalität auf eine hauchdünne Membran. Man hat das Gefühl, die andere Seite regelrecht berühren zu können... doch es bleibt ein hoffnungsloses Unterfangen. Soviel Sie auch pressen, Materie wird nie verschwinden. Sie können der Sprache nicht die Worte nehmen, Sie können dem System nicht die Struktur nehmen, Sie können Rationalität nicht wegrationalisieren. Es verteilt sich nur um. In diesem Fall: Die Wand wird umso länger, je dünner sie wird. Je schmaler die Grenze zwischen den Welten erscheint, desto länger muss man an ihr entlang gehen, ehe man die Sinnlosigkeit erkennt. Während du gehst, erscheint es dir richtig – ich bitte dich, so eine dünne Wand! – doch das Resultat bleibt dasselbe.«

»Sie sprechen in sehr rationellen Begriffen für einen Mann von der anderen Seite der Wand.«

»Wie gesagt, John: Solange das Ziel nicht erreicht ist, mahlt man besser mit der Mühle.«

»Und was genau ist Ihr Ziel? Was wäre nun, wenn ich weder ihn hier, noch Sie für unseren Messias hielte?«

»Aber ich bin Jesus Christus, mein Sohn! Wiedergekehrt nach über zweitausend Jahren, um unserer verirrten Menschheit den rechten Weg zu weisen.«

Carfield nickte amüsiert. »Da hören Sie's. Besser hätte ich es nicht formulieren können. Und wenn Sie keinen von uns beiden für den Messias halten – warten Sie entweder auf den dritten oder geben uns noch eine Chance, Sie zu überzeugen. Ganz einfach.«

»In Ordnung. Gehen wir einfach mal davon aus, Sie wären der Messias. Auf Kredit, damit wir hier weiter kommen.«

»Denn ich bin es, mein Sohn. Oh ja, ich bin es wahrhaftig.« Die Blicke des Nazareths fromm gen Himmel gerichtet. Stone und Carfield fuhren ohne ihn fort.

»Was besagt Ihre Lehre im Kern?«

»Schon die Frage stimmt mich traurig. Aber in Anbetracht der Tatsachen möchte ich mir davon das Gemüt nicht trüben lassen. Meine Lehre, das heißt die Lehre meines Vaters, besagt nichts anderes als vor zweitausend Jahren. Nachzulesen in jeder Supermarkt-Bibel.«

»Aber Sie werden sich doch eingestehen, dass an meiner Frage irgendetwas dran ist, oder? Sonst wären Sie heute sicherlich nicht hier. Und abgesehen davon – warum erneut predigen, wenn es schon bestens dokumentiert ist?«

Carfield seufzte. »Da haben Sie natürlich Recht. Die Lehre ist in Vergessenheit geraten, sofern sie den Menschen jemals wirklich im Gedächtnis war. Doch auch, wenn ich mir dieser Tatsache bewusst bin, schmerzt es mich jedes Mal aufs Neue. Und obwohl sich im Kern nichts geändert hat, bin ich wiedergekehrt, um die Lehre in neue Worte zu manteln. Denn wie ich schon sagte – die Menschen hängen sehr an den Worten.«

»Sollten Sie dann nicht eher versuchen, die Menschen von dieser unglückseligen Bindung zu lösen, anstatt ihnen eine neue Lehre zu indoktrinieren?«

Ein mundgepresstes Kopfschütteln. »Formulieren Sie absichtlich so provokativ, oder ist Ihnen das im Laufe der Zeit einfach in Fleisch und Blut übergegangen? Wie ich schon sagte, weder ist die Lehre neu, noch indoktriniere ich irgendetwas. Mein Weg ist der Ihre, und wenn Sie mich dieser Verbrechen anklagen, so müssen Sie sich einen Spiegel vorsetzen. Ich schätze Ihre Show sehr, und ich weiß, dass Sie lautere Ziele verfolgen. Formulieren Sie gerne hart, ich bitte darum, aber nicht unfair.«

»... in Ordnung. Zurück zur Frage: Haben Sie sich nicht die falsche Aufgabenstellung gewählt?«

»Nein. Denn ironischerweise ist der einzige Weg, eine Lösung von den Worten zu erreichen, über die Sprache aufzuzeigen, die nun einmal zwangsläufig aus Worten besteht. Wird meine Lehre richtig aufgefasst, kommt das Lösen von ganz alleine. Es ist praktisch ein Bestandteil davon.«

»Aber was besagt sie denn nun im Kern, Ihre Lehre?«

Abermals musste sich Carfield eines Lächelns erwehren. »Nun, am Ende besagt sie nicht viel mehr als das: Führe ein Leben, das vor dir selbst Bestand hat.«

Stone blickte Carfield aus übertrieben weit aufgerissenen Augen an, den Mund schweigend geöffnet. Mit der gleichen Miene blickte er ins Publikum, dann langsam wieder zurück, und wie auf das Schnipsen eines Hypnotiseurs hin erwachte er schließlich aus der mimischen Trance.

»Wow.« Stille. »Sie sind wirklich mit der Zeit gegangen, Gil. Ökonomisch bis hinten gegen. Denn wenn das mal keine *gesundgeschrumpfte* Lehre Gottes ist, weiß ich auch nicht.« Monsunartige Gelächterfälle. Tosender Applaus, Jubelpfiffe. Stone reagierte nicht. Stattdessen starrte er Carfield mit erhobenen Mundwinkeln an, den Körper vornübergebeugt. Der allerdings hatte sich dem Publikum angeschlossen und lauthals losgelacht, den Mund scheunenweit geöffnet, die Augen zu Schlitzen zusammengepresst. Er beruhigte sich nur langsam. Als schließlich die Tonkulisse der Halle verebbt war, setzte Stone erneut an.

»Fehlt Ihnen als Messias von Milliarden nicht der nötige Ernst?«

Wieder vereinzelte Lacher.

Carfield, das Lachen mittlerweile zu einem amüsierten Schmunzeln herunter gekämpft, schüttelte den Kopf. »Das Leben macht Spaß, John. ›Ernst‹, wie Sie ihn meinen ist nur eine Maske. Zugegeben, eine sehr verkaufsträchtige Maske, aber doch nicht mehr. Sie schwindelt Seriosität, Disziplin, Entschlossenheit und Kompetenz vor – wunderbare Tugenden, daher ist der Wunsch nach ›Ernst‹ ein sehr ehrbares Unterfangen. Aber er hält nur selten, was er verspricht. Ernsthaftigkeit ist der Weg der geistig Armen, nach mehr zu scheinen.«

»Tun Sie den zahllosen, ernstlebigen Menschen da draußen jetzt nicht großes Unrecht? Sie stellen sie als Schwindler und geistig Arme dar.«

»John: Sie wollen mich falsch verstehen. Und das ist der springende Punkt an der gesamten Menschheit, nicht nur der Ihre. Es ist sicherlich ein Zeugnis großer geistiger Reife, die Schwächen im Wortgeflecht des Anderen zu entdecken – was wohlgemerkt immer möglich ist, da die Schwäche schon in den Worten selbst liegt – aber ist es nicht Zeugnis noch viel größerer Reife, über diese Schwächen hinwegzusehen und den Kern trotzdem zu erfassen?«

»Sie meinen also: Die Argumente des Gegenübers schöndenken?«

»Ich meine: Dem Anderen dieselbe Fehlbarkeit einräumen wie sich selbst.«

»Verstehe. Kommen wir also zurück zur Lehre. Auch wenn ihr Kern schnell erklärt scheint, interessieren mich doch noch einige Details.«

»Ich kann es Ihnen gerne ausformulieren, John: Lieben Sie Ihren Nächsten wie sich selbst. Wenn Sie geschlagen werden, halten Sie auch die andere Wange hin. Erkennen Sie, dass Gnade und Güte Bildnis größerer Stärke sind als Rache und Gier. Handeln Sie danach. Geben Sie, John, und es wird Ihnen gegeben. Lieben Sie, und Sie werden geliebt. Verzeihen Sie, und es wird Ihnen verziehen. Helfen Sie, und es wird Ihnen—«

»Ja, ja, das kennen wir ja alles schon, aber—«

»Also doch?« Carfield zwinkerte Stone zu.

»Natürlich, das—«

»Ich sagte doch: Ich lehre den alten Glauben. Die Lehre dürfte bekannt sein.«

»Aber was ist mit Ihren neuen Worten?«

»Sind Sie enttäuscht, weil Sie sich ein Remake erhofften, doch nun das Original zu sehen bekommen?«

»Nein, aber Sie sagten, Sie würden der Lehre einen neuen Mantel verpassen!«

Carfield sah sich erstaunt um. Dem Publikum und den Kameras schenkte er einen wohlwollenden Blick. »Aber John, das tue ich doch schon die ganze Zeit. Sie sind nur zu sehr damit beschäftigt, mir Paroli zu bieten, um es zu merken. Was heute genau wie vor zweitausend Jahren gesagt werden kann, werde ich nicht krampfhaft umformulieren. Sie baten doch um den Kern. Und der hat sich nun mal nicht verändert. Er wird sich nie verändern.«

Stone nickte ihm anerkennend zu, das Kinn auf die Hand gestützt. »Gut, dann anders: Inwiefern versuchen Sie, den Menschen von heute die Lehre von damals nahe zu bringen? Ein Beispiel: Diese elende Wangengeschichte! Wenn ich geschlagen werde, halte ich doch nicht noch meine andere Backe hin, ich gebe es zurück!«

Zurufe aus dem Publikum. »Genau«, »So ist es!«, »Ja!«

Carfield schwieg für einen kurzen Moment. »Vielleicht können Sie mit einem umgekehrt formulierten Term mehr anfangen: Gewalt erzeugt Gegengewalt. Nichts anderes besagt die Wangengeschichte. Versuchen Sie, einen anderen Weg zu finden. Seien *Sie* der Vernünftige. Beenden *Sie* es. Erwarten Sie nicht vom Anderen, das Richtige zu tun, sondern von sich selbst. Es soll nicht heißen, wehrlos unterzugehen.«

»Das sagt sich so schön, aber in einer Ellbogengesellschaft wie unserer würde man damit von einem Bluterguss zum nächsten wanken. Unmöglich.«

»Das war damals nicht anders. Menschen waren nie harmonischer oder weniger ruppig als heute. Und doch, es ist möglich. Nicht immer in dem Maße, in dem man es sich wünscht, und nicht immer so schmerzfrei, wie man hofft, aber es funktioniert. Das ist der Weg des Herrn – auch wenn's ein wenig abgedroschen klingt. Ich sage Ihnen: Gehen Sie den ersten Schritt zurück im Kriegsgetümmel, und Sie werden sehen, wie man es Ihnen gleichtut. Schritt für Schritt. Doch erwarten Sie es nicht; das ist der Trick.«

»Klingt ja sehr vielversprechend.«

»Die Lehre Gottes ist ein Wegweiser, wie man selbst zu einem besseren Menschen wird – nicht alle anderen. Das kommt früher oder später von alleine. Was zählt, ist Ihre Einstellung.«

»Ein Wegweiser, wie man selbst zu einem besseren Menschen wird? Klingt egoistisch.«

»Wenn nichts von den Anderen und alles von sich selbst zu erwarten egoistisch ist, ja dann ist Glaube der ultimative Egoismus.«

Applaus.

Stone nahm einen Schluck Wasser. Höchste Konzentration hatte seine Stirn in Falten gelegt. »Was mich nun noch interessieren würde ist, wie der Messias in unserem Informationszeitalter und der Globalisierung zu den anderen Weltreligionen steht? Was halten Sie vom Hinduismus, vom Islam, vom Buddhismus – und nicht zuletzt vom Judentum? Denn gerade letzteres hat Sie doch regelrecht verraten! Wie können Sie den anderen Religionen Gültigkeit zubilligen, wo alle von anderen einzigen Wahrheiten sprechen? Stichwort: Es gibt nur einen Gott?«

Carfield lächelte. »Sie lassen auch wirklich nichts aus. Sagen wir es so: Wäre die Welt eine WG, so hätten ein wahrhaft gläubiger Christ, ein wahrhaft gläubiger Jude, ein wahrhaft gläubiger Moslem, ein wahrhaft gläubiger Buddhist und ein wahrhaft gläubiger Hinduist kein Problem damit, zusammen zu wohnen. Sie könnten jeden Abend über ihren Glauben diskutieren, mal ruhiger, mal hitziger, ohne aber jemals in einen echten Streit zu geraten und ohne, dass je einer von seinem spezifischen Glauben abkäme.«

»Na ja, wenn ich mir da so einige radikale Gruppen besehe, dann...«

»Wie ich schon sagte: Wahrhaft gläubig. Nicht der verirrte Fanatismus oder der von einer Obrigkeit oktroyierte Gesellschaftsglauben, sondern der Glaube aus der Quelle.«

»Ich denke nicht, dass ein hochgebildeter Geistlicher von, sagen wir den militanten *Friedensstiftern Allahs*, oder von den *Abendländischen Schwertkreuzrittern,* auf die Idee käme, sich als verirrter Fanatiker zu bezeichnen. Diesen Leuten sprudelt ihr Glaube wohl auch ziemlich aus der Quelle.«

»Sicher, und ich befürchte, dass ein paar wenige dieser sogenannten Geistlichen ihre menschenverachtenden Predigten tatsächlich mit wahrem Glauben verwechseln... was deren Welt zu einer besonders trostlosen macht. Doch das ist deren Problem, nicht unseres, und es darf uns nicht anders über unseren eigenen Glauben sprechen lassen. Wenn Sie durch mein Nadelöhr gehen möchten, müssen Sie sich auch für meine Deutung, und gegen die solcher fehlgeleiter Fanatiker, entscheiden. Wahrer Glaube ist pure Menschlichkeit. Und was nicht menschlich ist, ist kein wahrer Glaube. Andere Worte formen einen anderen Weg, das ist nur verständlich, aber das Ziel bleibt dasselbe, bis in alle Ewigkeit.«

»Und das wäre?«

Carfield beugte sich mit schiefem Mund vor. »Harmonie. Innerliche und äußerliche Harmonie. Nennen Sie es Eden, nennen Sie es Nirvana, nennen Sie es Henrietta wenn Sie wollen. Es bleibt dasselbe.«

Stone nickte und setzte ein schräges Grinsen auf. »Doch meine Frage haben Sie mir letztlich nicht beantwortet.«

»Sie wollen ein ›Die Buddhisten liegen falsch!‹ hören? Sie wollen ein ›Die Juden werden für ihren Verrat bezahlen!‹ hören? Dann haben Sie mir wirklich schlecht zugehört. Es gibt keine Antwort darauf. Es gibt keine Antwort, weil es keine Bedeutung hat, weil die Frage sinnlos ist. Ich sage Ihnen, ich bin der Sohn Gottes, ich glaube fest an seine Allmacht. Ich werde für die Sünden der Menschen sterben und bis dahin alles daran setzen, ihren Geist aus der Apathie der Verunsicherung zu befreien. Gott liebt jeden Menschen, doch der Glaube an ihn ist kein Wertbrief, der an der Pforte zur Ewigkeit gezahlt werden muss. Der Glaube ist für dich, nicht für ihn. Er ist ein Privileg und keine Pflicht. Es ist belanglos, ob du ein Buddhist bist oder ein Christ, ob du zu Shiva betest oder zu Allah, ob du Judenlocken trägst oder eine Glatze, wichtig ist nur eines: *Dass du das Richtige getan hast in deinem Leben.* Dass du ein guter Mensch warst. Harmonie, Sie erinnern sich? Dass du ein Leben geführt hast, das vor dir selbst und anderen Bestand hat.«

Stone setzte sein Wasserglas ab. »Schön und gut, aber was ist mit den Leuten, die nicht das Glück hatten, die Lehren Gottes oder Buddhas gezeigt zu bekommen? Woher sollen sie wissen, was richtig ist?«

»Jedes Lebewesen im Universum weiß von alleine, was richtig ist. Das Gewissen ist nichts anderes als ein universeller Kreiselkompass, der zu jeder Stunde den richtigen Weg weist.«

»Und was ist mit Verbrechern? Menschen, die Böses tun?«

»Sie wissen genau, was sie im Leben Falsches taten. Sie entschieden sich an gewissen Punkten ihres Lebens einfach, gegen ihr Gewissen zu gehen, weil es ihnen der angenehmere, oder der erfolgversprechendere Weg schien.«

»Und mit welcher Strafe hätten sie dafür zu rechnen?«

»Die Strafe, die sie sich selbst verdienten.«

»Ah... ha. Und wenn das Verbrechen nicht als solches gewertet wird? Ein Psychopath beispielsweise?«

»Wir reden von einem kranken Menschen.«

»Aber er hat unwiderruflichen Schaden in die Welt gebracht!«

»Würden Sie einen Magenkrebspatienten dafür bestrafen, weil er sich auf Ihrem Teppich übergibt?«

»Nein, aber—«

»Auch nicht, wenn der Teppich ein Einzelstück war, unbezahlbar und irreparabel?«

»Natürlich nicht, Gil, schließlich kann er nichts dafür, aber—«

»Und so ist es mit dem Geisteskranken.«

»Sie vergleichen die Vernichtung eines Teppichs mit beispielsweise einem Mord?«

»Nein. Ich vergleiche Krankheit mit Krankheit und Schmerz mit Schmerz.«

Stone nickte ernst und mit angespitztem Mund. »Wir hatten eben die Fanatiker. Sie verüben Greueltaten im Namen eines Gottes und erhoffen sich gar das Himmelreich davon! Wie geht Ihr Vater damit um?«

»Was möchten Sie denn gerne hören? Dass sie vor der göttlichen Pforte stehen, höhnisch von Petrus für ihren Irrglauben ausgelacht werden und schnurstracks zur Hölle fahren? In eine Grube direkt neben die Juden und Buddhisten?«

»Wenn Sie das so sagen...«

Carfield schüttelte geduldig den Kopf. »Wieso sind Sie, wieso sind die Menschen im Allgemeinen, so besessen von der Strafe Gottes? Ich sagte es schon vor zweitausend Jahren, und ich sage es jetzt wieder: Gnade bringt uns Erlösung, nicht Strafe. Wenn dieses Konzept alleine, und nur dieses, von einem Fingerhut voll Menschen verinnerlicht würde, wäre die Welt dem Himmelreich schon einen ganzen Kontinet näher gerückt.«

»Also sind Sie gegen jede Form der Bestrafung? Absolution für jedermann? Verbrecher, Psychopathen, Fanatiker - wird alles durchgewunken?«

»Die viel wichtigere Frage ist doch: Wollten Sie, Johnny Stone, gerne in deren Schuhen stecken? Wollten Sie deren Leben, auf deren Weise, führen? Glauben Sie, es wäre ein schöneres Leben, wenn Sie das Hab und Gut Ihres Nächsten stehlen, ein erfüllteres Leben, wenn Sie Ihren Nächsten im Keller in schmale Streifen schneiden, oder ein harmonischeres Leben, wenn Sie Hass und Mord gegen Ihren Nächsten predigen? Würden Sie sich oder Ihrem Nächsten dieses Leben wünschen?«

»Nun, das würde ich natürlich nicht, aber—«

»Und das ist alles, was Sie wissen müssen. Diese Menschen leben an einem dunkleren Ort als Sie selbst, und anstatt ihnen das ewige Höllenfeuer an den Hals zu wünschen, sollten Sie für ihre Erlösung beten.«

Musik wurde eingespielt. Stone – von der Debatte in seinen Bann gezogen – machte sich von seiner Anspannung frei, drückte sein Ohrmikrofon tiefer in die Muschel, nickte, und sagte dann mit Blick zu Publikum:»Und schon ist es Zeit für ein wenig Werbung. Sehen Sie danach unseren dritten Gast, eine scharfe Kontroverse und natürlich weiterhin unseren Shootingstar Gilliam Carfield! Bleiben Sie dran.« Die Musik ging in eine Werbeankündigungsgrafik über.

IV

»Mit Schlack bleiben Sie auf Zack! Denn nur Schlack hat, was Sie wirklich brauchen!« Das wunderschöne Mädchen lief mit geschmeidigen Sprüngen über das Wasser eines Bergsees, und mit erdbebentiefer und himmelhochmotivierter Stimme sprach der Mann weiter: »Mit einem Energie-Leistungsverhältnis von zwei zu 188 000 sprengen Sie jeden Rekord, bei gerade einmal 3G!« »Und nur sechs Einheiten Neutroglycin-Plus* auf einem Kilo!«, ergänzte das am Ufer angekommene Mädchen freudenstrahlend. Ein heller, farbiger Blitz, die Musik aufdrehend wie der Motor eines Hochleistungswagens. Der Mann wurde eindringlicher: »Schlack und Schlack Premium gibt es in allen Farben** und zu jedem Preis.« »Ich gehöre dazu, seit Schlack!«, lachte der brillenpickelige Junge in einem Meer jubelnder Menschen. »Mit über drei Millionen verkauften Litern und einem Neutral Market Research Zielgruppen-C-PopQuot™ von *8.1**** ist Schlack überall dort, wo du bist!« Der hagere Mann mit aufreizend spiegeln-

---

*   geschützter Name nach mindestens sieben Urhebergesetzen
**   bei Jetzt-Bestellung auch in den Formen weich, hart und flüssig
***   Stand nach Tageszeit signifikant schwankend

der Brille hielt, von dämonischem Licht grinsend bestrahlt und schwerer Schnellmusik beschallt, Liter und Liter von geschmackvollem, formnahen, von einfach wunderbarem! wunderbarem! Schlack! in den Händen, es rann gierig durch die Finger, glitzerte und schlabberte, ein neuer Griff, neue Kraft, er grinste und winkte und... *Schlack*. Denn mit Schlack bleiben Sie auf Zack.

Robert schaltete den Ton ab. Ein ganz merkwürdiges Gefühl hatte Besitz von ihm ergriffen. Wenn er diesen Carfield reden hörte, war es, als existiere die Welt um ihn herum nicht. Es gab nur Robert und ihn. Alles klang plötzlich so einfach, so logisch und klar; und Robert fragte sich, wie beschränkt man sein musste, um die Welt um ein so Vielfaches komplizierter zu sehen. Mit diesem neuen Funken belebt, fiel ihm das Warten auf den nächsten Block plötzlich unglaublich leicht. Mit Elan zog er seine Anti-Werbe-Lektüre von SBF™ (Selling Book's Friend) unter der Couch hervor und begann, nach seiner Lesemarkierung zu suchen. Er nickte zufrieden. Es stand eine Geschichte von Richard Morgan an, dem neuen Vertragsschreiber von Mykesoft. Diese Lektüren waren eine ungeheuer praktische Erfindung, da sie — auf Grundlage einer durchschnittlichen Lesegeschwindigkeit — exakt genormte Kurzgeschichten bereithielten, die einen Standardwerbeblock, und keinen Moment mehr, zu überbrücken vermochten. Als »block stories« hatten die Erzählungen bereits Eingang in die Literaturgeschichte gefunden, und da es sich kaum ein bekannter Autor — der üppigen Honorare der Sponsoren zum Dank — nehmen ließ, seinen Beitrag zu jenem Multi-Mikro-Universum zu leisten, erfreuten sie sich höchster Popularität. Da störten die kleinen Anzeigen an den Rändern auch nicht mehr...

Er war trotz seines verspäteten Einstiegs rechtzeitig zum zweiten Teil der Johnny Stone Show fertig – ein schneller Leser. Der Inhalt war auch ganz nett.

»Und hier sind wir wieder bei der Johnny Stone Show und unserer Sendung ›Zwischen Sein und Schein‹«

Tosender Applaus. Auf der Bühne fanden sich Carfield und Stone wieder.

Dieser erklärte, als es die Lautstärke zuließ: »Wie der aufmerksame Zuschauer bemerkt hat, haben wir unseren Gast Herrn Jesus von Nazareth verabschiedet. Er hatte noch einen dringenden Termin.« Seine Miene verriet Spiellust, und das Publikum lachte kurz auf. »Doch nun zurück zum Thema. Gil, eine Frage beschäftigt mich schon seit Sie vor drei Wochen an mich herangetreten sind.«

Carfield spülte sich den Mund mit einem Schluck Wasser, atmete dann zufrieden durch und bat darum, dass Stone losschießen möge.

»Wie kann ein so verruchtes Mittel wie das Fernsehen einem so heiligen Zweck wie der Verbreitung der göttlichen Lehre dienlich sein?«

»Sie gehen zu hart mit sich ins Gericht, John.«

Stone ließ sich nicht beirren. »Seien wir ehrlich. Die Medien haben, egal wie tief sie in unserer Gesellschaft verankert sind, ihr Fett weg. Sie sind zum Boten des Kitsches verkommen. Wie sieht das denn aus, wenn der Sohn Gottes zwischen Hausfrauenklatsch und Seifenwerbungen emporsteigt?«

Carfield ließ sich mit der Antwort viel Zeit; Zeit, die er für einen fast genüsslich eindringlichen Blick gebrauchte. Das Publikum wurde unruhig. Es war schwer zu sagen, ob er sein Schweigen zum Finden einer passenden Antwort benötigte oder einfach nur, um die Spannung ins Unermessliche zu steigern.

»Dazu stelle ich Ihnen eine Gegenfrage: Wenn die ultimative Wahrheit, der Kern der Menschlichkeit sozusagen, auf eine Supermarkttüte gedruckt würde, und wenn Ihnen die Worte einleuchtend wären: Würden Sie dieser Wahrheit nur deswegen weniger Gültigkeit zubilligen, weil sie neben dem Slogan einer Supermarktkette erscheint? Und weil hinter den Worten gefrorene Rippchen und Konservendosen transportiert werden? Wäre die ultimative Wahrheit deswegen weniger wert?«

»Nun Gil, ich finde, in dem Fall wäre es doch enorm interessant, zu erfahren, wieso diese Supermarktkette solche Worte abdruckt.«

»Tut das irgendwas zur Sache? Wenn dadurch die Wahrheit ans Licht kommt, und sich rasend schnell unter Millionen Menschen verbreitet?«

»Ich denke schon, dass die Absicht zu hinterfragen ist.«

»Wahrscheinlich erhoffte sich die Kette dadurch einen Populationsgewinn – immerhin macht es sich gut, die Anleitung zu einem besseren Leben abzudrucken.«

»Da haben wir es ja schon. Egoistische und wenig edle Ziele.«

»Aber schmälert das denn den Effekt, den heilsamen?«

»Wissen Sie, Gil, wir leben in einer Welt, in der man sich nur noch auf sich selbst verlassen kann. Ich bin auf mein eigenes Urteilsvermögen angewiesen. Und wie sollte ich die trügerischen Dinge von den wahrhaftigen unterscheiden, wenn ich zur Beurteilung nicht mehr das Mittel betrachten darf, was zum Zweck gehört?«

»Indem Sie mehr auf Ihr Herz hören.«

»Das klingt etwas platt.«

»Für Sie vielleicht, John. Weil Sie eben nicht auf Ihr Herz hören. Ich will mit alledem nur eines sagen: Nicht die Medien sind böse. Im Gegenteil. Sie können Menschen verbinden, den Horizont erweitern, Klarheit schaffen. Medien sind Kommunikation. Es wäre sinnentbehrend gewesen, sie nicht zu nutzen, um den Menschen etwas Gutes und Richtiges nahe zu bringen. Und eines können Sie mir glauben: Hätte es damals Radios und VisuWalls gegeben, ich hätte sie ganz bestimmt benutzt.«

Undefinierbares Gemurmel im Publikum.

»Sie wollen damit sagen: Bedeutungen bedeuten nichts?«

Carfield nickte gutlaunig. »Wunderschön verschlagwortet, John. Bedeutungen sind eine Ansammlung von Interpretationen, die in erster Linie einem Zweck zugutekommen: Der Bildung einer Schablone. Bedeutungen vereinfachen den Menschen das Leben, sie helfen zu kategorisieren. Man greift auf vorhandene Muster zurück, spart sich eine intensive Auseinandersetzung mit der Materie und stellt außerdem sicher, dass man die gleiche Sprache wie alle anderen spricht. Ich will ehrlich sein: Der Mensch braucht Bedeutungen. Sein Verstand und alles danach kommende, sein Denken, seine Sprache, seine Gesellschaft basieren auf Bedeutungen. Er wird sich nie gänzlich von ihnen lösen können. Doch er kann es anstreben, und sei es nur der Versuch. Denn Bedeutungen fahren fest. Sie beschränken – sie beschränken Geist und Handeln gleichermaßen. Sie können verhindern, ein gutes Mittel zu einem guten Zweck einzusetzen. Man kennt hier sicherlich den Spruch ›Befreien Sie Ihren Geist‹ aus unzähligen Filmen und aus der Literatur. Nun für jeden, der diesen guten Rat bislang noch nicht zu befolgen wusste, hier ein erster Schritt: Befreien Sie sich von Bedeutungen.«

Stone hatte mittlerweile ein Klemmbrett hervorgeholt und interessiert die Blätter überflogen. »Das heißt bestimmt auch, dass das zwölfköpfige Managerteam hinter Ihnen, die rund siebzig Promoter vor Ihnen und der knapp sechshundert Millionen Points schwere Werbeetat aus unbekannten Quellen unter Ihnen ebenfalls nichts bedeuten?«

Eine fast peinliche Stille kehrte ein; das Publikum wagte kaum, zu atmen.

Carfield hingegen schien ungerührt. »Stimmt. Ich bitte Sie, John, was erwarten Sie? Aus Ihren Fragen zu schließen sicher nicht, dass der Sohn Gottes als wandelndes Fernsehbild wiederkehrt.« Verhaltenes Lachen in allen Reihen. »Die Medien sind ein Apparat, der bedient werden muss. Ich komme nicht von alleine auf die VisuWalls der Menschen. Ihnen wäre es sicherlich lieber gewesen, wenn mich die Medien ›rein zufällig‹ entdeckt hätten, irgendwo in einem abgeschiedenen Bergdorf — wunderbar charismatisch, aber offensichtlich völlig unwillig, sich der ›Bestie‹ Medien hinzugeben. Sie würde mich dann nichtsdestotrotz verschlingen, wie wir das bereits gewohnt sind, und — schwupps! — hätten wir einen von den Medien erschaffenen, aber natürlich völlig unschuldigen Helden, der dem allgemeinen Bild eines wahren Heilsbringers schon viel eher entspricht.«

»Sie werden sich eingestehen müssen, Gil, dass dieser Weg etwas mehr von einer göttlichen Intervention hat als der von Ihnen gewählte.«

»Und wenn Sie mich fragen, John, ist das der Weg einer französischen Hure.«

Aufgebrachtes Rascheln in der Sekunde der Stille.

»Gib dich mit Schmollmund unnahbar, und schlag zu, wenn das Verlangen des Freiers unstillbar geworden ist. Ich halte das für eine gemeinere Methode als diese hier.«

»Diese Stelle ist ein guter Punkt, um unseren dritten Gast vorzustellen. Ich bin mir sicher, dass er Ihnen einiges hinsichtlich Ihrer Vorstellung von Bedeutungen und Mediengebrauch zu sagen hat. Meine Damen und Herren, begrüßen Sie recht herzlich mit mir – Bischof Herzheim von der Neuen Unikonfessionellen Kirche!«

Applaus und erneuter Dampf, der aus der Plastikkulisse entstieg. Ein korpulenter, älterer Herr mit borstigem Bart und würdevoll-roter Robe schritt den Kameras entgegen, um schließlich gleichsam würdevoll neben dem Moderator Platz zu nehmen. Der Bischof.

»Vielen Dank, Euer Exzellenz, dass Ihr unserer Einladung trotz Eures vollen Terminkalenders nachgekommen seid.«

Der Bischof hob wohlwollend die Hand. »Ich hielt es für meine heilige Pflicht, im Namen der Kirche Klarheit zu bringen in diesen Tumult der letzten Wochen.«

»Und dafür werden Sie alle Gelegenheit haben. Der selbsternannte Messias steht Euch heute—«

»Bitte. Eines möchte ich klarstellen. Ich bin nur bereit, mit Mister Carfield in einen Dialog zu treten, wenn er seine anmaßenden Behauptungen bezüglich seiner Herkunft unterlässt. Diese Lästerung kann ich mit meinem Glauben nicht vereinbaren.«

Stone sah Carfield fragend an, und bekam ein leises Lachen zu hören, vor dem Bild unbeschwerter Augen. »Mein Bruder, diese Bitte hättest du mir auch persönlich stellen können, ich sitze direkt neben dir. Wenn es dir nur darum geht, dass ich von meiner Herkunft nicht spreche, so will ich dir diesen Gefallen gerne tun, sie aber zu leugnen wäre ein Verrat an meinem Vater und mit meinem Glauben nicht zu vereinbaren.«

»Unerhört! Umgangsformen scheinen Ihnen fremd zu sein. Hat man Ihnen etwa dort, wo Sie herkommen, keinen Respekt gelehrt?«

»Oh doch, sehr viel sogar. Respekt gegenüber jedem Mensch und jedem Tier der Schöpfung. Einen Respekt, der dir allerdings zu fehlen scheint, wenn du dich über den anderen siehst. Zehn Minuten.«

»Eine böswillige Unterstellung! John, so kann ich kein Gespräch im Sinne unseres Herren führen, der uns Friede und Bußfertigkeit lehrt.«

Stone berührte Herzheim sanft am Unterarm und bedeutete ihm, sitzen zu bleiben. »Meine Herren, Euer Exzellenz, ich bitte Sie: Führen Sie das Gespräch den Millionen Gläubigen zuliebe, die heute eingeschaltet haben und versuchen Sie, über Ihre Differenzen hinwegzusehen.«

Der Bischof nickte widerwillig. »Weil ich es meinen Kindern dort draußen schulde.«

Stone wandte sich zu Carfield, der ein wenig ratlos dreinschaute. »Natürlich.« Und mit einer angedeuteten Kopfbewegung fügte er hinzu: »Ich wollte dich übrigens in keiner Weise beleidigen. Wenn du das so aufgefasst haben, tut es mir leid.«

»Ich vergebe dir, mein Sohn.« Der Bischof gab ein gönnerhaftes Lächeln preis und streckte Carfield die Hand mit seinem imposanten Rubinring entgegen. Anstatt sie zu küssen, gab Carfield ihm allerdings kameradschaftlich seine eigene.

Stone lenkte geistesgegenwärtig ein. »Euer Exzellenz, was das Publikum sicher interessiert ist die Frage, wie die Kirche prinzipiell zu einer möglichen Rückkehr Jesu Christi auf Erden steht.«

»Als offizieller Vertreter der Neuen Unikonfessionellen Kirche kann ich Ihnen folgende Wahrheit übermitteln: Die Wege des Herrn sind unergründlich. Unser allmächtiger

Herr ist zu allen Taten fähig, und das schließt selbstverständlich auch eine Wiederkehr seines Sohnes ein. Aber, und hier liegt das eigentliche Problem: Wie sollten wir darauf kommen, dass gerade diese Mediengestalt«, er hob seinen Arm Richtung Carfield, »dieser Blender und Manipulator, der sich durch seine Medienauftritte zu seinem eigenen Gott hochstilisieren will, tatsächlich der Sohn unseres einzigen und wahren Herren ist? Was haben wir schon außer seinem eigenen, zweifelhaften Wort? Sind dem Volk seine wahrhaftigen Ziele denn nicht allzu offensichtlich?«

Stone schüttelte den Kopf. »Nun, Euer Exzellenz, ganz offensichtlich nicht, denn sonst hätten wir nicht diese landesweite, ach was rede ich, diese weltweite Kontroverse!«

Der Bischof schüttelte den Kopf. »Für die Kirche gibt es keine Kontroverse. Wenn überhaupt, und die Kirche tut sich selbst mit dieser Einordnung schwer, entspricht Mister Carfield einem anderen, wesentlich dunkleren Akteur aus der Bibel. Nämlich niemand anderem als dem Antichristen persönlich.«

Das Publikum schrie regelrecht auf, teilweise aus blankem Entsetzen, teilweise aus entfesselter Zustimmung.

Genüsslich fuhr der Bischof mit einem bebenden Bibelzitat fort: »›Wenn dann jemand zu euch sagt: Seht, hier ist der Messias!, oder: Seht, dort ist er!, so glaubt es nicht! Denn es wird mancher falsche Messias und mancher falsche Prophet auftreten und sie werden Zeichen und Wunder tun, um, wenn möglich, die Auserwählten irrezuführen.‹ Es war Jesus selbst, unser aller Herr, als dessen Wiedergeburt *Sie* sich so schamlos ausgeben, der uns vor *Ihresgleichen* gewarnt hat.«

In just diesem Moment schaltete sich Carfield wieder ein: »Das heißt, du schließt von vornherein aus, dass ich der Sohn unseres Gottes auch nur sein könnte? Ich falle aus dem Pool möglicher Kandidaten heraus, weil der Kirche meine Methoden zuwider sind? Weil eine tausende Jahre alte Textpassage allgemein davor warnt, dass es auch immer Scharlatane gibt? Sage mir, Bruder: Sollte wahrer Glauben nicht öffnen anstatt zu schließen und sollte er nicht Möglichkeiten auftun anstatt sie zu verbauen?«

Ein schwächelndes Lächeln. »Natürlich, Mister Carfield. Und auch blind machen, nicht wahr? Was Sie hier tun, ist, die Eigenheiten des Glaubens gegen ihn auszuspielen, und das mit einer solch sadistischen Genugtuung, dass es einem Mann Gottes schmerzt. Sie sind informiert, sicher, und auch gebildet und gewandt. Aber das macht Sie noch längst nicht zu Gottes Sohn.«

»Dann sagen Sie mir doch einfach, was mich zum Sohn Gottes machen würde.«

Der Bischof stierte Carfield entgeistert an. »Es gibt kein Einmaleins der Göttlichkeit. Doch das Eine kann ich Ihnen sagen: Sie vertreten nicht die Vorstellung des Glaubens, den Gott einst schuf.«

Carfield blieb unverwandt. »Wieso?«

»Jeder, der Ihre Betonpredigt vernommen hat – alleine dieser Name! – weiß, dass Sie nicht von Gottes Weg sprechen, sondern von einem willkürlichen, selbst erdachten. Er vermischt die Ansichten sämtlicher Weltreligionen und neueren philosophischen Strömungen zu einem undefinierbaren New-Age-Fühl-Gut-Brei.«

»Und hältst du diesen Weg, diesen undefinierbaren New-Age-Fühl-Gut-Brei, für gut?«

»Das tut rein gar nichts zur Sache.«

Carfield seufzte. »Eigentlich tut das alles zur Sache. Und genau deswegen werde ich mich nie mit dieser Institution, die sich aus meinem alten Namen kräftigt, anfreunden können. Sie ist so sehr mit der Wahrung der Form beschäftigt, dass sie sich um die Wahrung der Substanz gar nicht mehr kümmern kann.«

Funkeln in den Augen des Gegenübers. »Ohne Regeln kein Bestand.«

»Ohne Freiheit kein Glaube.«

Patt. Schweigen.

Carfield, der es brach. »Verstehe mich nicht falsch. Regeln sind gut und wichtig. Die Menschen brauchen Regeln. Doch was sind Regeln schon? Ein Mittel zum Zweck. Regeln verfolgen ein Ziel. Wir können sie mit einer Bedeutung vergleichen: Sie fassen einen Sachverhalt in eine reduzierte Formulierung, um Menschen das Leben zu vereinfachen. Sie geben, wenn du es so willst, in kurzen Worten die Konsequenz wider, ohne auf die Ursache einzugehen. Sicher, einer schweigsamen Regel zu folgen zeugt von Vertrauen und sie auch unter persönlichen Widrigkeiten zu verfolgen ist ein Zeichen großer Charakterstärke – und das kann der richtige Weg zu Gott sein. Doch nur, wenn dieses Opfer auch einen Sinn ergibt! Ich frage dich: Warum sollte man sich das Leben künstlich schwer machen? *Wenn man richtig lebt, ist es schwer genug.* Die Menschen sollten nicht in der Strafe, sondern im rechten Handeln ihre Verbundenheit zu Gott zeigen. Bruder Herzheim, Regeln müssen hinterfragt werden. Man muss an den Zweck hinter der Regel glauben, nicht an die Regel um ihrer selbst willen. Wenn der Sinn der Regel verloren geht – warum sollte man ihr weiter folgen? Ein Beispiel: Keinen Sex vor der Ehe. Wieso? Weil es eine Zeit gab, in der Geschlechtskrankheiten unverhütbar waren und Kinder das Licht der Welt erblicken konnten, deren Eltern nicht die nötige Reife für diese Verantwortung besaßen. Es war eine gesellschaftliche Institution nötig, um Sicherheit für eine junge

Familie schaffen zu können. Doch diese Zeiten sind vorüber. Wenn überhaupt, sollte das Gebot lauten: Du sollst keinen Sex ohne Verhütungsmittel haben, es sei denn, du willst das Kind und kannst dafür sorgen.«

Die Geräuschkulisse, die sich im aufwallenden Ton und aufgeregten Bilderschnitt offenbarte, bedurfte keiner Anweisungstafeln – sie schrieb sich selbst in die Luft. Doch es war keine feindselige, keine befremdete, keine negative Empörung.

Selbst Stone konnte sich eines höhnischen Lächelns nicht erwehren. »Das aus dem Mund des Messias zu hören, ist erfrischend.«

»Schauen Sie sich die Betonpredigt an, und Sie–«

»Das ist das Gottloseste, was ich in dreißig Jahren Dienst im Namen unseres Herrn vernommen habe«, sprach der Bischof langsam und bestimmt, als habe ihn der Schock, und nicht etwa die Ratlosigkeit bis jetzt schweigen lassen.

»Wieso, mein Bruder?« Carfield, unbekümmert wie immer.

»Weil Gottes Pfad keine Diplomarbeit in Ökonomie ist!« Der Bischof schrie, zumindest im Spektrum eines geistlichen Redners. Doch er mäßigte sich. »Wir befolgen die Regeln Gottes, weil wir Vertrauen in sein Wort haben, und nicht, weil sie uns gut dünken! Sie haben bewiesen, dass Sie rein gar nichts vom Glauben verstehen!«

Carfield beugte sich vor. »Die Regeln, von denen du sprichst, sind die Regeln deiner Institution und der deiner Vorgänger, nicht unseres Gottes. Denn–«

»Unerhört, wie können Sie solche verleumderischen–«

»Lass mich bitte zu Ende sprechen. Denn sehe: Wie könnte Gott heute noch Regeln formulieren, wenn er die Menschen schon seit so langer Zeit der Mündigkeit übergab und ihren Lebensweg ihrem eigenen Willen überließ? Deine Institution biegt es sich, wie sie es braucht: Geschah großes Übel, eine Ungerechtigkeit, bei der Gott hätte intervenieren müssen, so heißt es: Gott gab den Menschen den freien Willen, damit sie selber wählen. Doch geschieht etwas Wunderbares, so war dies Gottes Werk, also ein Wunder. Oder wie hier: Es ist Gottes Regel, die er selbstverständlich über seinen selbsterklärten Stellvertreter auf Erden verlauten ließ – es sei sein Wille. Ich möchte mich nicht über die historische Fadenscheinigkeit des Papsttums auslassen, das Thema ist ausgetreten genug, ich möchte im Namen meines göttlichen Vaters nur eines sagen: Er flüsterte den Päpsten zu keinem Punkt der Geschichte seinen Willen ins Ohr.«

»Sie machen doch in diesem Augenblick genau dasselbe. Wer ernennt sich hier eigenmächtig, und wer spricht im Namen unseres Herrn?« Überlegenheit im Blick.

»Oh ja, Bruder Herzheim. Nur, dass ich vom Menschen erwarte, dass er selbst den richtigen Weg findet.«

»Und wie soll das ohne Regeln gehen? Welchen Weg, wenn die Wegmarken fehlen? Das heißt also, die Zehn Gebote sind auch hinfällig?«

»Du hörst mir leider nicht richtig zu. Ich sagte schon, dass Regeln wichtig sind. Nur, dass sie auch hinterfragt werden müssen. Die Zehn Gebote sind richtig, weil ihr Zweck richtig ist: Menschliches Leiden verhindern. Die Regeln deiner Institution hingegen, von denen die Menschen über die Jahrhunderte hinweg beherrscht wurden, verfolgten oft – nicht immer, aber oft – einen Selbstzweck.«

»Wir handelten stets im Sinne der Bibel im Versuch, ihre Gebote auf unsere Zeit zu übertragen. Oder wollen Sie nun auch gegen die Heilige Schrift hetzen?«

»Die Bibel ist von Gott inspiriert, nicht von Gott geschrieben.«

Ein aufwallender Sturm der Empörung, der vom Wolkentreiber unbeirrbar niedergerungen wurde.

»Die Menschen, die im Laufe der Zeit ihre Kapitel anfügten, waren ohne Frage gläubige und weise Menschen – und von Glauben und Weisheit wissen sie auch zu berichten. Nur lebten sie *in einer Zeit, an einem Ort.* Sie waren nicht losgelöst von den Dingen, die sie umgaben. Sie dachten und wirkten in dem Wesen, das in jenem Moment Gültigkeit besaß. Nur verändern sich die Dinge eben. Der Fehler, der nun gemacht wurde, war, diese Menschen beim Worte zu nehmen anstatt den Versuch zu unternehmen, hinter die Worte zu blicken.«

»Einige Dinge verändern sich nie. Der Glaube ist immer derselbe, das sagten Sie eben selbst.«

»Richtig. Der Glaube ist immer derselbe. Und genau der wurde in der ewigen Regelwälzerei vergessen. Ihr kamt zusammen und zusammen über Jahrtausende und fügtet die Regeln in neue Worte, neue Gesetze, in neue Regeln. Doch ihr wart so sehr damit beschäftigt, dass euch eines ganz entging: Die Regeln besaßen längst keine Gültigkeit mehr. Ja, die Bibel ist genauso zu hinterfragen wie alle anderen Dinge, die eure Institution im Laufe der Zeit zu Sakramenten stilisierte. Am meisten aber die Institution selbst.«

Der Bischof bäumte sich auf seinem Sitze auf. »Aber wir handelten doch stets im Sinne unseres Herrn! Die Sakramente sind seine Hinterlassenschaft! Der Wein, die Hostien, dein Blut, dein Leib, sollten wir ihm nicht in alle Ewigkeit gedenken?«

Der Bischof verstummte, als habe man ihm einen Dolch in den Rücken gestochen, die Augen weit aufgerissen. Totenstille.

»Ihr wart so sehr mit dem Essen beschäftigt, dass euch das Gedenken abhanden gekommen ist.« Ein durchdringender Blick, kühler Tadel von einer jenseitigen Welt.

Der Bischof sprang auf. »Unerhört, John, so kann ich einfach nicht... ich ertrage diese wandelnde Blasphemie nicht länger!« In der Stimme ein Zittern. Er wandte sich von Stones sanfter Berührung unwirsch ab und eilte davon, als stecke der Teufel persönlich unter seiner Kutte.

Ungerührt nickte Carfield schließlich, mit Blick auf seine Uhr. »Zehn Minuten.«

Und der Moderator war mit seinem Gast wieder alleine. Zusammen mit hundert Millionen Zuschauern.

Stone räusperte sich. »Eine sehr kraftvolle Performance, Gil, absolut. Aber um das gerade noch mal vor unseren Zuschauern klar zu stellen: Bischof Herzheim war zwar als Repräsentant der Neuen Unikonfessionellen Kirche eingeladen, aber er war eben doch nicht der Papst. Bewerten Sie seine Meinung also bitte nicht über. Gut... ähm... kommen wir auch gleich zu unserem letzten Gast, die Debatten haben unsere Sendezeit fast aufgebraucht. Vielleicht ist dieser Gast mit seinem Anliegen der vielleicht entscheidende für die zahllosen Zweifler da draußen. Meine Damen und Herren, begrüßen Sie mit mir recht herzlich Martin Alfons!«

Automatisierter Applaus. Wer war dieser Martin Alfons? Keine Größe der Öffentlichkeit, soviel stand fest. Als er aus dem Plastikreich entstieg, war alles klar.

Er musste von einem Assistenten zum Tisch geführt werden. Unbeholfen streckte er seine Hand aus, die Stone prompt ergriff.

»Herzlich willkommen, Mister Alfons.« Er nahm ihn aus der Obhut des Assistenten und führte ihn an der Hand, so, dass er dicht vor dem freien Stuhl zum Stehen kam.

»Es ist mir eine Ehre, hier sein zu dürfen.« Alfons nahm Platz und rückte nervös seine verspiegelte Brille zurecht. »Wo ist er?«, rang er sich schließlich ab, den Kopf nach oben geneigt.

»Mister Carfield, nun, der sitzt direkt neben Ihnen. Darf ich Sie einander—«

Alfons warf seine Hand aufgeregt in die Luft vor ihm. Carfield ergriff sie wohlwollend mit beiden Händen.

»Mister Carfield, es ist mir eine so große Ehre, Sie treffen zu dürfen!«

Er fixierte sich auf eine der beiden Hände, ergriff sie mit seiner zweiten, und beugte sich vornüber zum Handrücken, um ihm einen Ehrenkuss zu geben. Er strahlte über das ganze Gesicht; fast, dass die Verspiegelung der Brille mitgelacht hätte.

»Was fehlt dir, mein Bruder?«, fragte Carfield in sanftem Ton.

»Oh wisst Ihr, ich—«

Stone fiel ihm ins Wort, die Augen auf die Kamera gerichtet. »Mister Alfons leidet an der berüchtigten televisuellen Optikverzerrung, auch als Verstrahlung bekannt. Trotz intensiver Forschung gilt diese Krankheit, die eine totale Blindheit und Zersetzung aller Neuronenzentren zur Folge hat, als unheilbar.«

»So ist es«, pflichtete Alfons leise bei.

Carfield nickte stumm.

»Mister Alfons, könnten Sie unseren Zuschauern vielleicht die sichtbaren Symptome Ihrer Krankheit zeigen?«

»Natürlich.« Stumm hob er seine Brille an.

Ein rascher Schnitt hinüber zu einer Kamera, die ein besseres Bild erhaschen konnte. Es offenbarte sich eine unansehnliche, rötliche Färbung des gesamten Augapfels, die sich bis auf die Lider erstreckte und durchzogen war von einzelnen, weißen Fäden.

»Drei bedeutende Fachärzte haben uns bestätigt, dass dieser Fall hoffnungslos ist. Mister Alfons erwarten noch höchstens sechs Monate Lebenszeit.«

»Ich leide seit so vielen Jahren an diesem Gebrechen. Ich will endlich erlöst werden!« Er klang nicht verzweifelt, eher hoffnungsvoll.

»Dann sagen Sie unserem Publikum, was Sie sich von Ihrem heutigen Besuch erhoffen.«

»Ich erhoffe mir Heilung! Ich erhoffe mir, dass mich der Messias von meinem Leiden erlösen wird!«

»Sie glauben also, dass Mister Carfield der wahrhaftige Sohn Gottes ist?«

»Oh ja, daran glaube ich!«

»Sie haben es gehört, verehrte Damen und Herren. Ein echter Gläubiger, live in der Show und live bei dem Menschen, dem sein Glaube gilt. Nun Gil, wie steht's? Wollen Sie diesem hilfsbedürftigen Menschen seinen sehnlichsten Wunsch erfüllen?«

Carfield hatte mittlerweile beide Hände Alfons' ergriffen und flüsterte ihm tonlose Worte ins Ohr. Er ignorierte Stone, der dies seinerseits elegant zu überspielen wusste.

»Ja, meine Damen und Herren, um es noch mal in aller Deutlichkeit zu sagen: Hier und heute, vor Millionen von Zuschauern, wird nicht weniger als ein handfestes Wunder von Gilliam Carfield gefordert, ein Beweis seiner göttlichen Gabe. Er soll einen unheilbar Verstrahlten von seinen Qualen befreien!«

Stone war laut geworden. Sein Ton, sein Plädoyer – alles wies auf eine perfekt abgestimmte Falle hin, in die Carfield unausweichlich gedrängt werden sollte, wenn alle anderen Maßnahmen versagten.

»Gilliam, für alle Zweifler und nicht zuletzt für Martin selbst – werden Sie heute Abend ein Wunder wirken? Oder fehlen Ihnen die heilenden Kräfte, die Jesus von Nazareth zum Mythos machten?«

Carfield ließ schließlich von Alfons ab, nachdem er ihm ein letztes Mal sanft den Arm getätschelt hatte. »Um es gleich vorweg zu nehmen, John: Egal, was ich heute Abend tue, die Zweifler, von denen Sie reden, werden weiterhin Zweifler bleiben. Denn wahrer Zweifel ist genauso unerschütterlich wie wahrer Glaube. Er tut nur so, als basiere er auf Rationalität; in Wahrheit aber wird er aus genauso tiefen Quellen gespeist wie der Glaube selbst. In gewisser Weise ist es sogar ein eigener Glaube für sich, ein verkehrter, negierender, zerstörerischer Glaube. Mit Argumenten ist ihm nicht beizukommen.«

Ein verständnisvolles, lauerndes Lächeln. »Das heißt, Sie werden kein Wunder wirken?«

»Ich kann wieder sehen! Ich kann wieder sehen! Lobet den Herren! Ich kann wieder sehen! Lobet den Herren!«, brüllte Alfons wie von der Tarantel gestochen, sprang auf, schrie vor Überraschung, sah wie wildgeworden umher, weinte vor Freude. »Ich kann wieder sehen! Danke, mein Herr! Danke, danke, danke!« Er fiel vor Carfield auf die Knie und küsste seine Hand. Sein Blick ging ruckartig in die Kulisse, auf die Kameras, auf das Publikum. »Lobet ihn, lobet den Herren, denn er ist es, unser Messias, unser aller Heilsbringer!«

Carfield zog seine Hand zurück. »Was heute geschah, verdankst du einzig und alleine deinem Glauben. Gehe und erzähle allen von der Kraft, die du entdeckt hast.«

»Ja mein Herr. Ich will es genauso tun, wie du mir geheißen hast!« Er sprang auf, taumelte vor Wucht fast zurück.

Die Kameras konnten nur einen flüchtigen Blick auf Alfons' Augen erhaschen, doch sie wirkten plötzlich weiß, strahlend weiß, mit Pupillen so schwarz und klar wie mondbeschienene Perlen.

»Danke auch Ihnen Mister Stone, vielen, vielen Dank!« Er schüttelte seinem Gastgeber aufgeregt die Hand, dann ging sein Blick eilig wie zuvor über die Kulisse. Offensichtlich entdeckte er, wonach er gesucht hatte, denn Momente darauf rief er nur noch, die Beine schon in Bewegung. »Ich muss los, muss weg, muss es allen erzählen!« Er eilte von der Bühne.

»Mister Alfons, warten Sie doch einen Moment... von hier können Sie es am besten...«

Schon war er raus aus den Kamerafangnetzen.

Dem Getuschel, das sich unterdessen in den Reihen des Publikums entfacht hatte, war mit den herkömmlichen Kontrollmechanismen nicht mehr beizukommen. Ab und zu huschten Animatoren durch das Bild, die Einhalt gebieten sollten und frei von tonverstärkenden Mikrofonen ihre Gesuche lautlos in das Kamerajenseits warfen.

Es half nichts, die Kulisse schwoll an.

Stone versank in seinem Sessel und presste sein Ohrmikrofon stärker in die Muschel. Hier und da schüttelte er den Kopf, hier und da gab er dem unsichtbaren Partner Paroli. Die Unruhe im Publikum schien er glatt zu überhören. Mit einem letzten Kopfschütteln machte er sich frei von den elektroinduzierten Beschwörungen.

»Ich verstehe das offen gesagt nicht...«, stammelte er los. »Sein Zustand ist von drei unabhängigen Experten bestätigt worden... und nun höre ich von der Regie, dass er gerade von unserem Studioarzt die Sehfähigkeit zugestanden bekommen hat... das ist unmöglich...« Stone hatte sich keine Mühe gemacht, das Publikum zu beruhigen. Seine Worte waren einfach in den Raum hinein gesagt worden. Doch es hatte gereicht; die Zuschauer waren wieder Zuschauer, still und gebannt.

»Wie sagte eine großartige Werbekampagne des letzten Jahrhunderts?«, meldete sich Carfield mit einem amüsierten Schmunzeln zurück, »Unmöglich ist nur eine Meinung.«

»Aber eine dreifach bestätigte! Das kann nicht sein!«

»Ich hätte die Ärzte bestechen können.«

»Wie das? Sie waren anonym. Wie hätten Sie das auch nur ahnen können!«

»Jede Kette ist nur so stark wie ihr schwächstes Glied. Vielleicht war das Team hinter Ihnen zu schwach.«

»Lächerlich. Wir reden hier von Aufwand und Risiko außerhalb jeder Vernunft!«

»Oder aber wir stecken unter einer Decke. Schon mal daran gedacht, John?« Carfield sah in die Kameras.

Empörung auf der Haut seines Gegenübers. »Wie können Sie nur solche Dinge behaupten, Gil? Sie selbst sollten es wohl besser wissen!«

»John, ich will damit nur eines sagen: Ihr kleiner Test heute Abend hat nichts bewirkt. Wahrer Zweifel wird durch Beweise nicht getilgt, wie auch wahrer Glaube durch deren Ausbleiben niemals erschüttert wird. Ich habe ein Wunder gewirkt und diesen Mann geheilt, doch die Welt ist dieselbe geblieben. Im Gegenteil, ich habe es nur noch verschlimmert: Die Zweifler werden nun noch mehr zweifeln.«

Stone nickte stumm in sich hinein. »Langsam verstehe ich...« Er wirke wie gelähmt. Widerwillig gab er die Befehle aus dem Ohr weiter. »Gil, wir befinden uns am Ende unserer Sendezeit. Wenn Sie abschließend noch etwas sagen wollen, tun Sie es. Ich wüsste nicht, was.«

Carfield lächelte ihm gutmütig zu und wandte sich dann an das Publikum. »Wahrer Glaube findet losgelöst von Zeit statt. Er kann morgen genauso entfacht werden wie vor zwei-tausend Jahren. Einen Ort, ein Zeitalter oder eine Gesell-schaft, die Glauben negiert, gibt es nicht, gab es nie, und wird es niemals geben. Er wird tief im Inneren geboren, und die Worte, auf denen er hinaus gespült wird, bleiben immer nur dasselbe – Worte. Nicht ihnen gebührt der Wert. Gleichwohl ist es unsere menschliche Bürde, was uns bewegt über Worte deutlich zu machen. Unsere Bestrebung soll es also sein, die Kraft hinter dem Wort zu erkennen – was oft nicht weniger heißt, als eine Mauer blind zu durchlaufen. Doch dieser Weg wird uns in den Frieden führen – den höchsten und edelsten, den es gibt. Handelt danach, und Gottes Reich ist euer.«

Die bedeutsame Pause hierauf konnte kaum ausgeschöpft werden, ehe schon die ersten Töne der Erkennungsmusik und die ersten Elemente der Titelgrafik eingeblendet wur-den.

»Das war die Johnny Stone Show mit der Sendung ›Zwi-schen Sein und Schein‹ mit Gilliam Carfield!«, plärrte der professionell-gutgelaunte Kommentator aus dem Jenseits. »Und nächste Woche sehen Sie...«, führte Stone die Ambo-deration kraftlos weiter, »... ach, was macht das schon für einen Unterschied. Schauen Sie im Programm nach.« Die Er-kennungsmusik schwoll an; die Grafik spielte im Bild umher. Dann kam Werbung.

V

Robert schaltete die VisuWall ab. Carfield hatte Eindruck hinterlassen. Egal, welche Sendung danach gekommen wäre – sie hätte die Schwere seiner Worte mit keinem noch so geistlosen Geplänkel fortspülen können.

Ob er wohl Recht hatte?

Ob er der wahre Messias war?

»Sie brauchen Milch. Heute und Morgen im örtlichen Ultramarkt für nur zwei Points den Liter, Sonderaktion!«, dröhnte der Analysechip seines Kühlschranks, als er sich ein wenig Saft holen wollte.

»Ich warte auf die nächste Abonnement-Lieferung«, murmelte Robert verlegen.

»Haben Sie schon über einen Wechsel Ihres Abonnements nachgedacht? Ihr örtlicher Ultramarkt bietet Ihnen einen garantierten Preisnachlass von zehn Prozent gegenüber Ihrem aktuellen Abonnement bei identischer Leistung, und einer Mindestlaufzeit von nur drei Jahren!«

Robert verzog das Gesicht. Richtig. Sein Vertrag lief bald aus. Kein Wunder, dass die Konkurrenz ordentlich Gas gab. Nie wieder würde er einen unabhängigen, provisionsmotivierten Kühlschrank erwerben!

»Das ist Informationsnötigung, also halt den Mund, sonst

verklag ich deinen Hersteller!«, zischte Robert, als sich der Kühlschrank weigerte, seine Tür zu schließen.

»Meine Informationen fallen unter den Schutz des Paragraphen der ›Persönlichen Ökonomie‹. Ist die vermittelte Information ein Vorteil für den Konsumenten im Sinne einer objektiv feststellbaren persönlichen Ökonomie, darf er auch gegen seinen Willen darüber in Kenntnis gesetzt werden, da persönliche Ökonomie auch gleichzeitig ein Vorteil für die allgemeine Ökonomie darstellt. Zehn Prozent Preisrabatt bei identischer Leistung ist ein Vorteil für den Konsumenten«, trällerte der Chip vor sich hin.

»Wenn ich den Kerl in die Finger kriege, der diese rotzigen Texte schreibt, dreh ich ihm den Hals um!«, presste sich die Wut in Roberts Verstand. Schließlich resignierte er aber und stapfte stöhnend aus dem Zimmer.

Keinen ruhigen Gedanken konnte man fassen! Doch dieses Mal hielt sich sein wortloses Kopfgebilde hartnäckig. Es war wiedergekehrt. Er – war wiedergekehrt. Carfield. Jesus? Die Worte wollten nicht verblassen. Was Robert über alle Maße hinaus stutzig machte, war die Feststellung, dass man gar nicht religiös sein musste, um dem Weg Carfields zu folgen. Kein Wunder, dass er der Kirche ein Dorn im Auge war. Dennoch; Carfields Worte zeugten von einem tiefen Glauben, einem Glauben an die Kraft im Menschen, einem Glauben an seinen Willen, an das Gute in seinem Inneren und an eine Macht außerhalb, die alles Restliche erledigen würde, wenn man nur die ersten Schritte tat. Ob dies alles zusammengenommen – Gott war? Ob mehr Religion hinter diesem Glaube steckte, als Robert lieb war? Oder ob das, was Robert als Religion auffasste, gar nichts mit dem zu tun hatte, was Carfield als wahren Glauben verstand? Er würde sich die CMC™ (Chip Memory Card) Mitschnitte der Betonpredigt ansehen, nahm er sich vor. Vielleicht machte ihn das schlauer. Aber etwas gefiel Robert nicht. Es klang alles – viel zu einfach. Wie die Werbung für das neueste Instant-Gericht-Verschlussverfahren: »Hast du Hunger ruck und zuck, geht's mit einem Daumendruck!«™ Der Weg in die Erlösung musste schwieriger sein. Und überhaupt –

Er hörte ein Geräusch auf dem Flur. Schritte. Tatsächlich, es war schon wieder ein Monat vergangen! Seine Miene hellte sich auf. Gegen einen kleinen Plausch hätte er jetzt nichts einzuwenden. Zerstreuen. Oder vertiefen. Wohin der Weg auch immer führte. Er öffnete die Lieferklappe an seiner Haustür und spähte auf den Flur.

Da stand er wie jeden Monat, gerade damit beschäftigt, das alte Meta-Cola 6x2m Poster aus seinem Wandrahmen zu hieven, um Platz für ein neues zu schaffen.

Der Plakatkleber.

»Hallo da draußen! Alles in Ordnung soweit?«, rief Robert durch die Luke.

Der Plakatkleber, ein älterer Herr mit freundlichem Gesicht und abgewetzter Arbeitskleidung, drehte sich um und schenkte Robert ein warmes Lächeln. »Auch hallo. Jo jo, kann nich' klagen. Viel zu tun die Tage, die Scheißdinger hängen sich nich' alleine auf.«

Robert verrenkte seinen Kopf in der Hoffnung, einen Blick auf das neue, zusammengerollte Plakat erhaschen zu können. »Was haben Sie uns diesen Monat mitgebracht?«

»Überraschen lassen. Häng' nur gerade das alte ab, und schon sehen Se was als nächstes kommt – und das 'nen ganzen Monat lang, haha.« Er entfernte mehrere Haken am Rahmen. »Und selbst? Alles in Ordnung?«

»Na ja. Nicht wirklich – irgendwie.«

»Wie das?« Er setzte die Hakendemontage fort.

»Das ist das Problem. Ich kann nicht sagen, warum.« Er machte eine kurze Pause, und stellte fest, dass die Aufmerksamkeit seines Zuhörers noch nicht gewichen war – abgesehen von seinen Routinehandgriffen am Plakat. »Eben wollte mir mein Kühlschrank ein neues Abonnement aufschwatzen, und dann, als ich mit rechtlichen Schritten drohte, erklärte er mir, dass er aufgrund der Verbesserung meiner ›Persönlichen Ökonomie‹ dazu befugt sei.«

Der Plakatkleber nickte. »Ja, den Paragraphen kenn' ich. Miss BubblegumExtra!™-Johnson drei Stockwerke tiefer hatte das auch mit 'ner Heizdecke.«

»Auf jeden Fall frage ich mich, ob da etwas nicht stimmen kann. Meinen Sie nicht auch, dass ›persönliche Ökonomie‹ etwas Persönliches sein sollte? Etwas, worüber man selbst bestimmen darf?«

Das Plakat fiel zu Boden, der Plakatkleber machte sich ans Aufrollen. »Hm. Ich weiß, was Se meinen. Se fühlen sich eingeengt und so. Aber Ökonomie ist da 'nen ganz klarer Begriff. Wenn Se sich dagegen richten, handeln Se automatisch unökonomisch, und das is' dann schlecht für die Allgemeinheit. Bumm aus. Es geht da gar nich' um Ihr persönliches Wohl.«

»Ich weiß ja, ich weiß. Es war einfach das Gefühl, das mir übel aufgestoßen ist. Sie haben Recht. Ich fühle mich eingeengt. Mehr als das; ich habe das Gefühl, nicht mehr atmen zu können. Und wenn ich rausgehe, wird es nur schlimmer.«

Das alte Plakat war aufgerollt. Sorgfältig verstaute es der Plakatkleber und entrollte das neue. »Wissen Se, ich komm' in meinem Job viel 'rum, sprech' mit vielen Leuten und sowas. Se sin' nich' der Einzige, der so empfindet. Gibt viele, die sich eingesperrt fühlen obwohl se überall hingehen dürfen. Aber was tun se dagegen? Nix. Sie ergeben sich nur in ihre Hilflosigkeit. T'schuldigung das mal so zu sagen.« Fertig. Das Plakat war bereit, aufgehängt zu werden.

»Nein, es stimmt ja. Aber vielleicht nur deswegen, weil wir nicht wissen, wie wir uns befreien können.«

»Jo, vielleicht. Oder Se kennen den Weg, wollen ihn aber einfach nich' gehen. Manchmal ist's bequemer zu ersticken als einmal tief Luft holen.«

»Kennen Sie Gilliam Carfield? Vorhin die Johnny Stone Show gesehen?«

»Jo, im Betrieb ein wenig. 'Nen ganz schöner Tumult, hat den Arbeitsplan um 'ne Stunde verzögert.«

»Ich denke, das ist der richtige Weg. Für unsere Welt. Was meinen Sie?«

»Hm. Weiß nich'.« Er begann, das Plakat zu klammern. »Sicher ist das 'nen schlauer Mann, keine Frage, es ist nur so – Menschen wie Jesus oder Carfield verändern uns're Welt nich'.«

»Meinen Sie das etwa ernst?«

»Ich mein', so verändern, wie die sich das selbst vorstellen. Verstehen Se? Klar regieren heute Christen die Welt, und wer weiß, in hundert Jahren vielleicht ›Carfielder‹, aber was sin' das heute für Christen? Carfield sagte es ja auch. Die haben nix mit dem alten Jesus zu schaffen. Seine Worte ham irgendwann mal auf einige Leute 'nen Mordseindruck gemacht, und dann? Wurde nur noch die Sensation weitergetragen, und schließlich wurde sein Name zu 'nem Werkzeug. Hat er die Welt deswegen zu 'nem besseren Ort gemacht? Nö. Die düstersten Menschheitskapitel kamen erst *danach*! Ich bin ein großer Fan von Marty's Frühstücksflocken Illustrierter Weltgeschichte™ und da sieht man es: Die größten Kriege, das größte Leid, die maßlosesten Ungerechtigkeiten kamen alle nachdem Jesus schon da gewesen is'. Klar, Christen gab es jede Menge. Aber hat die Welt nich' besser gemacht. Und bei Carfield wird's genauso laufen.« Das Plakat spannte sich allmählich.

Robert schwieg achtsam.

»'s Problem an diesen Leuten is' einfach: Se wollen dich zu nichts zwingen. Se wollen, dass du es selber machst. Toll. Super. Verstehen Se mich nich' falsch, ich finde auch, dass es so laufen sollte, aber so *läuft es nich'*. So funktioniert der Mensch eben nich'. Fehlanzeige. Der Mensch muss gezwungen werden, muss mit 'nem Tritt in den Arsch aus seiner Bequemlichkeit geprügelt werden. Un'zwar für beides: Zum Schlechten wie auch zum Guten. Das Schlüsselwort is' nur ›Veränderung‹. Der Mensch hat 'nen Mordsschiss davor. Und nun sehen Se sich Marty's Frühstücksflocken an: Es gab oft Veränderungen. Ich persönlich find' ja schlechte häufiger als gute… aber jetz' ma' egal. Wie passierten die? Se wurden *erzwungen*. Durch Könige und Kaiser und Kriegsherren und Revolutionäre und, und, und. Die gaben den Menschen 'nen Tritt – oder zwei – und es hat geklappt. Nu' halten die Guten da draußen aber dieses Mittel, den Zwang, für etwas Böses und Unrechtes! Daher setzen die Guten immer auf das falsche Pferd, den freien Willen, diesen hinkenden Gaul, während die Bösen mit ihrem Zwang schon Ehrenrunden drehen.«

»Jesus hätte also Tyrann werden und den Menschen seine Lehre von oben her oktroyieren sollen? So etwas gab es auch schon, und der Widerwillen der Unterdrückten brannte das Gute regelrecht hinaus aus den Worten.«

Der Plakatkleber zuckte mit den Schultern. »Dann wurde es nich' richtig gemacht. Man kann Menschen so und so zwingen. Ein hochdemokratischer Staat ist auch nix anderes als 'nen großer Zwang, mit all seinen Gesetzen und so. Das Gute muss in ein System gepackt werden. Ein Apparat gerät seltener ins Stocken als die Motivation eines Einzelnen.«

»Aber genau das verurteilt Carfield ja! Dass das Gute systematisiert wurde, und infolgedessen der Sinn verloren ging!«

»Neee, systematisiert wurde nich' das Gute, sondern der Kult außenrum. Hätte Jesus selbst an der Spitze der Kirche gestanden, wäre alles ganz anders gelaufen.«

»Selbst wenn, was wäre das schon wert gewesen, ein erzwungener Samariterstaat? Es muss am Ende doch aus dem Menschen selbst kommen, die Wärme und die Güte! Kein System kann so etwas von außen her initiieren, egal wie durchdacht es ist! Am Ende kann dem Menschen seine Pflicht zum Gutsein nicht von einem Apparat abgenommen werden, es bleibt am freien Willen hängen!«

Der Plakatkleber beschäftigte sich mit der letzten Plakatecke. »Jo jo, Se ham ja Recht. So *sollte* es sein, das wäre das einzig wahre Himmelreich auf Erden. Aber so *isses* nich'! Wer sind denn bitte die Menschen, deren freier Wille diese Welt zu 'nem besseren Ort machen soll? Das sind doch Menschen wie *Sie* und Miss BubblegumExtra!™-Johnson und all die anderen Wohnungsbesitzer da draußen. Doch Se geben es selbst zu: Se sind nicht bereit, sich aufzuraffen und die Dinge zu verändern. Und bevor sich gar nix tut, dann doch besser ein Staat, der zumindest den Versuch einer Verbesserung unternimmt, oder nich'?«

»Aber ich sagte doch: Wir kannten bis vor kurzem gar nicht den Weg! Erst Carfield machte es möglich!«

Der Plakatkleber schüttelte traurig den Kopf. »Was hat Carfield schon gelehrt? Nix anderes als Jesus Christus vor zweitausend Jahren. Nur die Worte waren damals nich' so modisch. Se kannten den Weg sehr wohl. Und wenn das Beschreiten nur wegen 'ner angestaubten Formulierung gescheitert is' — wird Carfields Medienkur auch nich' mehr viel retten.«

Robert schwieg apathisch.

Der Plakatkleber war fertig, drehte sich zum ersten Mal seit langer Zeit wieder zur Tür, lächelte gutmütig, säuberte seine verklebten Finger an seinem Overall und meinte: »Aber was heißt das schon alles. Ich kann mich genauso gut irren – bin nur 'nen einfacher Plakatkleber, der viel rumkommt. Mehr nich'. Und überhaupt: Wahren Glauben kann so ein bisschen Zweifel auch nich' erschüttern.«

Robert schwieg weiterhin. Schließlich machte er sich von seiner Lethargie los, blickte auf das Plakat und fragte – nicht ganz ohne Knoten im Hals: »Pespin Coke™? Seit wann können die sich wieder solche Werbeplätze leisten?«

Zu sehen war eine überdimensionierte Glasflasche mit schwarzbraunem Inhalt und blau-weißer Logoplakette vor einem steppenartigen Hintergrund; die Flasche von der gleißenden Sonne in ein goldenes Gelb getaucht.

»Oh, Pespin is' wieder ganz groß im Kommen. Würd' mich nich' wundern, wenn se in 'nen paar Jahren sogar Meta-Cola den Markt streitig machen.«

»Kaum zu glauben...«, hauchte Robert. Doch in Gedanken war er längst woanders.

»'s 'nen ständiges Kommen und Gehen auf der Welt. Nur, dass es die einen leiser, die and'ren lauter machen. Das is' auch mein Stichwort, ich muss dann mal weiter. Wie gesagt: Die Scheißdinger hängen sich nich' alleine auf.« Er packte seine Sachen, den Arbeitskoffer und die alte Plakatrolle. »Bis zum nächsten Monat. Und vergessen Se nicht: Wahren Glauben erschüttert nix. Machen Se's gut.«

»Machen Sie's besser.« Robert schloss die Lieferluke. Der Standpunkt des Plakatklebers ergab Sinn. Doch die Mitschnitte der Betonpredigt würde er sich trotzdem ansehen.

VI

»Na John?« Der Blick nach rechts auf seinen geschmack-
losen Kollegen. »Na Pete?«, die schrillstimmige Antwort.
»Alles klar?« »Jaaa.« »Bist du Turbo?« »Nein«. Der Mann mit
der schrillen Stimme drehte sich wie motorisiert vor einem
schwarzen Hintergrund, die Frisur und die Klamotten jeden
Augenschlag anders in Farbe und Form, die Musik melodie-
los aufgedreht. Die Kamera wanderte weiter nach rechts,
so dass der Gedrehte im linken Rand der Kadrierung zum
Stehen kam, und seine Worte, endlich fertig gedreht und in
den Klamotten seines ehemaligen Gegenübers, einer Person
am rechten Bildrand entgegenwarf – demselben von vorhin,
der nun ein geschmackloses Outfit trug. Stolz verkündete die
schrille Stimme, nun mit Zuversicht: »Ich bin *Astra-Upulus*.«
Die Kamera drehte sich, von jetzt auf gleich im Nullkom-
manichts beschleunigt, über die Köpfe der beiden hinweg
während sie zurückzoomte, bald sah man die beiden verkehrt
herum von der anderen Seite, bald von unten, bald von der
ursprünglichen Position aus, nur viel weiter entfernt. Die
Bewegung offenbarte den kosmischen Hintergrund, keinen
Bezugspunkt, außer den beiden menschlichen Fixsternen in
der Mitte des Bildes, die Musik hyper-rhythmisch-schnell,
und dann die aggressiv-entschlossenen Stimmen in längst

nicht mehr erfassbaren Mundbewegungen. »Astra-Upulus ist hyper, Turbo war mikro-gestern.« »*John*, du bist einfach nur *John-John*!« Die Gestalten verschwammen in dem unendlich wirkenden Zoom und der steten Drehung schließlich im schwarzen Nichts, das seinerseits einer glänzenden Orange auf einem spiegelpolierten, weißen Tisch wich. »Seien auch Sie Astra-Upulus, noch hyper-heute! Rufen Sie an unter 911[*] und verlangen Sie einfach Astra-Upulus. 911 für Astra-Upulus. Denn Turbo war mikro-gestern. 911.«

Sieben Wochen waren seit Carfields Auftritt in der Johnny Stone Show vergangen. Robert war seinem Vorsatz treu geblieben und hatte sich die CMC der Betonpredigt bestellt – für sensationelle 9.90 Points bei Orderday™, dem Online-Bestellhaus Nummer Eins. Tatsächlich unterschied sie sich kaum von dem, was Christus Jahrtausende zuvor gepredigt hatte. Und doch war alles anders; er konnte die Lehre nun endlich in einen Bezug setzen, verstehen, wie sie im Heute gemeint war. Johnny Stone hatte den Anfang gemacht. Die CMC war der zweite Schritt gewesen. Als nächstes würde er Carfield bei seiner Predigt in der National Music Hall sehen; das Ticket war schon reserviert (bei Leibe, es war nicht günstig gewesen!). Er hatte sich zu einem regelrechten Fan entwickelt, und mit ihm Hunderttausende andere, darunter auch viele Prominente. Sein PopQuot lag mittlerweile bei *6.2*, und das konstant. Carfield war keine Eintagsfliege, das stand fest. Er hinterließ Eindruck, wo immer er auftauchte. Man musste

---

[*]   unter Lizenz des landesweiten Notrufverbands.

ihn einfach bewundern, ob man seinen Behauptungen nun zustimmte oder nicht. Robert war überdies aktiv geworden; gleich am Tag der Ankunft der CMC hatte er sich in ein Sonderprogramm zur »Änderung eines Geburtensponsorings im fortgeschrittenen Alter« einschreiben lassen, und es hatte ihn einiges an Spucke gekostet, den Bearbeiter am Telefon von der Rechtmäßigkeit seiner Bitte zu überzeugen. Außerdem war er Mitglied im »Help'Em'All™ Erlebnis Wochenende Verband« geworden, einem der renommiertesten Caritasverbände der Region – für Menschen, die sich mehr Wohltat nicht leisten konnten, verstand sich. Es war ein gutes Gefühl, ein Leben zu führen, das vor sich selbst Bestand hatte. Leider war er die letzten drei Wochenenden verhindert gewesen, aber es würde noch genügend andere geben, an denen er aktiv werden konnte. Immerhin gehörte er schon einmal zum Pool derer, die willens waren, die Welt zu einem besseren Ort zu machen – und das zählte am Ende. Er spürte Carfields Präsenz, wenn er zur Tat schritt – ein Gefühl von Kraft und Zuversicht. Man konnte gar nicht zum Ausdruck bringen, wie gespannt Robert auf das war, was Carfield nächste Woche in der National Music Hall zu sagen hatte.

Doch so weit sollte es nicht kommen.

Es klingelte an der Tür. Robert stellte zufrieden fest, dass es Ned war. Er hatte ihn lange nicht mehr gesehen. Kaum war die Tür geöffnet, schon wurde ihm ein merkwürdig blinkender Handschuh entgegengestreckt.

»Hi Robby, schlag' ein!«

»Was ist das?«, fragte Robert mit misstrauischem Blick auf die geöffnete, blinkende Hand.

»Das sind die neuen Hyper-Color-Rainbow-Gloves™! Mit diesen Handschuhen bist du überall groß! Farbe als Ausdruck von Style, viele Farben als Ausdruck von noch mehr Style! Schlag ein!«

Seufzend gab Robert Ned die Hand.

»Vielen Dank!« Ohne die Hand weiter zu schließen, kramte er mit der anderen ein Spray hervor, besprühte die Innenfläche des Handschuhs, in der Sekunden zuvor noch Roberts Hand geruht hatte und drückte sie dann gegen die Glasscheibe eines kastenartigen Apparats, der bislang unter Neds Mantel verborgen gewesen war. Das Glas erwachte zu lichterhellem Leben.

»Ein Scanner?«, fragte Robert misstrauisch.

»Perfekt«, murmelte Ned in Ignoranz der Frage. »Damit wären hundert voll.« Er packte an seine Hand und zog eine Plastikschicht von dem Handschuh ab. »Das Partnerprogramm von Dynami™ macht's einem nicht leicht. Nur Handabdrücke zählen. Dafür stimmt die Vergünstigung.«

Er bemerkte Roberts unverändert misstrauischen Blick. »Dich stört das doch nicht etwa?«

»Nein, nicht unbedingt.«

»Gut, weil einige haben ein echtes Gezeter veranstaltet. Als ob da was Schlimmes dabei wäre.«

»Vielleicht fühlen sie sich damit... in ihrer Privatsphäre verletzt?«

»Die Gesetze haben genau geregelt, was Privatsphäre ist und was—«

»Ich rede von der moralischen Privatsphäre, Ned.«

Ned zuckte mit den Schultern. »Sie haben mir doch ihre Hand, gegeben, oder? Ich sehe da kein Problem.«

Abermals musste Robert seufzen. Doch er wollte sich die Laune nicht mit müßigen Gesprächen verderben lassen. Ned war unterdessen damit beschäftigt, seine Handschuhe auszuziehen.

»Möchtest du einen Kaffee? Habe endlich wieder eine Maschine.«

»Klingt gut, solange es keine Seims™ ist. Hab' mich nämlich in die Hasskampagne von Rödelmann™ eingeschrieben – und die verbietet die Nutzung von Seims-Geräten. Scheißteile übrigens. Ich hasse sie.«

»Nein, keine Seims. Alles im grünen Bereich.«

Der Kaffee schmeckte besser als erwartet – Robert hatte mal auf den Preis geschaut und anstelle des populärsten den billigsten Kaffee gekauft. Um der Wahrheit die Ehre zu geben: Ein Unterschied war nicht zu erkennen.

»Du bist in letzter Zeit wirklich aktiv geworden, Robby. Mitglied im ›Help'Em'All Erlebnis Wochenende Verband‹, freiwillige Überstunden, und sogar deine Wohnung hast du auf Vordermann gebracht! So kannte ich dich schon lange nicht mehr. Hat dir deine Aspireen-Firma neue Tarife geboten?«

Kopfschütteln. »Ich heiße nicht länger Aspireen-Keeler. Mein neuer Sponsor ist GoodWorld™! Na ja, auf Bewährung.«

»GoodWorld, der Hersteller von Benefizartikeln? Unglaublich! Hat dich bestimmt einiges an Mühe gekostet. Meinen Glückwunsch, Mister GoodWorld-Keeler.«

»In gewisser Weise hast du Anteil an der neuen Kraft, die in mir wohnt.«

Ned schien nicht zu verstehen.

»Carfield, damals, vor zwei Monaten! Du hast mich zu ihm geführt. Und dafür wollte ich dir meinen Dank aussprechen, und mich entschuldigen, dass ich so skeptisch war. Ach, ich war ein regelrechter Zyniker.«

Neds Gesicht verdüsterte sich.

»Er ist wirklich etwas Besonderes, man muss ihn gesehen haben, wie du sagtest. Jemand, der dir den Plan hinter allem aufzeigen kann. Nur durch ihn habe ich die Kraft gefunden, wieder aufzustehen und weiter zu machen.«

Endlich bemerkte Robert den unheilvollen Ausdruck in

Neds Gesicht.

»Was ist denn los?«

Ned räusperte sich. »Ja, Carfield, hm. Hast du heute noch keine Nachrichten gesehen? Oder gestern Abend?«

»Nein, ich bin früh ins Bett und habe dann—«

»Leute wie du, Robby, machen den PopQuot erst zu dem aussagelosen Mittel, als den du ihn immer bezeichnest. Na egal. Carfield – ja. Er ist aufgeflogen. Alles ist aufgeflogen.«

»Wie meinst du das?«

Ned schien das Gespräch unangenehm zu werden. So gut kannte ihn Robert mittlerweile: Es passte einfach nicht zu Neds Image, schlechte Botschaften zu überbringen. Er war dafür einfach zu positiv. Oder charakterlos.

»Ich weiß auch nicht so recht. Am besten schaltest du die Nachrichten ein.«

»Gleich. Erst will ich wissen, was los ist.«

Ned wirkte wie ein in die Ecke getriebener Hamster. »Carfield hatte Beziehungen zur Mafia. Die ganze Zeit hat er seinen Einfluss genutzt, um illegale Geschäfte zu tätigen.«

Robert lachte trocken auf. »Das ist ja völlig absurd! Carfield und ein Mafioso! Dass ich nicht lache. Und wie will man ihm das nachgewiesen haben?«

»Einer seiner Manager hat ausgepackt. Dokumente, Aufnahmen – alles da.«

Robert lehnte sich zurück, kraftlos. »Das ergibt doch alles gar keinen Sinn.«

»In der Reportage hieß es, dass eine religiöse Fassade die perfekte Tarnung für organisiertes Verbrechen sei.«

»Aber wieso gerade so? Nein...« Erste Entrüstung wich fanatisch-verzweifelter Entschlossenheit. »Oh nein. Er hat ein Wunder gewirkt. Vor meinen Augen.«

Ned schüttelte traurig den Kopf. »Damit hat er uns alle

erwischt, Rob. Es ist mittlerweile raus. Das war ein abgekartetes Spiel.«

»Wie bitteschön das!?«

»Einer der Doktoren, du weißt schon, der Zeugen – war ein überzeugter Christ, ein Sympathisant Carfields.«

Stille. Rob sah Ned erwartend an, doch das war es. »Und was soll das beweisen?«

»Der Fall liegt doch auf der Hand. Der Doktor hat ein wenig geschummelt.«

»Aber... da waren noch zwei andere Doktoren und wie sollte man da schummeln?«

»Die Details sind noch nicht raus, aber man ermittelt bereits. Es ist nur eine Frage der Zeit, ehe man die Hintergründe kennt. Doch das Prinzip ist soweit klar, heißt es.«

»... *heißt es?* Das klingt mir alles sehr windig.«

»Keine Ahnung, schau dir einfach die Nachrichten an. Dann wird bestimmt alles klar.« Ned sprang auf. »Ich muss dann auch weiter. Tut mir wirklich leid wegen Carfield und allem. Ihm wird übrigens schon nächsten Monat der Prozess gemacht. Die verlieren dieses Mal keine Zeit, es ist ein Antrag zur Verfahrungsbeschleunigung durchgegangen. Na ja, vielleicht wird dich der Prozess schlauer machen. World News Channel One hat die Übertragungsrechte. Schalt' ein.« Schon war er wieder bei der Tür. »Und vielen Dank für den Kaffee, sehr viel besser als aus einer Seims-Maschine.«

VII

Das Loch, das sich vor Robert in den folgenden Tage auftat, war gigantisch. Doch er stürzte nicht hinein. Noch nicht. Ein Netz, gewoben aus weißem Schock, faseriger Irritation und klebriger Neugier hielt ihn am Abgrund baumeln. So fest es mit jedem Peitschenhieb gegen Carfield nur konnte.

Die Zeit komprimierte sich vor Roberts Augen zu einem einzigen Flickenteppich von Meldungen, Reportagen und Initiativen für oder gegen Carfield. Der schwarze Stoff überwog.

Vor dem Prozess waren es die Prominenten, die Stellung bezogen, die sich kritisch äußerten zu den Anklagepunkten oder zu Carfield selbst. Stone war aus seiner gewohnten Studiokulisse ausgebrochen und hatte sich in zahlreichen Institutionen, hinter unzähligen Rednerpulten und vor zahllosen Kameras für Carfield ausgesprochen und das Volk innbrünstig beschworen, nichts auf die aufwallende Hetzkampagne zu geben. Doch wenn schon. Immerhin war er zu einem überzeugten Anhänger Carfields konvertiert; das war längst bekannt.

Reportagen über Carfields Leben, seine Freundschaften, seine Liebschaften. Was zu Tage gefördert wurde, entsprach keineswegs dem Bild eines unbeschmutzten Wohltäters; ge-

boren im Armenviertel Mexico Citys als Sohn irischer Klein-
krimineller, Freund von Trickbetrügern und Porno-Darstel-
lern, Liebhaber von Prostituierten und Drogenabhängigen.
Bilder, die sich aus dieser Zeit fanden, zeugten von einem
Menschen, dem nichts heilig, dessen Fleisch fleischlicher und
dessen Geist geistloser als das von so manchem Normalbür-
ger war. Hinzu kam, dass zwölf Jahre seines Lebenslaufs
komplett fehlten; nicht einmal World News Channel One
hatte sie in Erfahrung bringen können. Und dennoch – einen
kriminellen Hintergrund hatte keine Reportage nachweisen
können. Ironischerweise gelang dies nicht einmal den Staats-
anwälten der ersten Instanz.

»Das Verfahren musste aufgrund mangelnder Beweise
eingestellt werden.«

Oh ja, es gab Dokumente. Es gab Aufzeichnungen. Es
gab Kronzeugen. Doch nichts, was über die Reife eines
grünlichen Indizes hinausgelangte. Nicht ungewöhnlich für
das Oberhaupt eines kriminellen Ringes, sagten die Ankläger
– die Höchsten machten sich nie selbst die Finger schmutzig.

Und dann die Empörung, die auf den Freispruch folgte.
Die zahllosen Verbände und Gruppierungen, die aktiv wur-
den, die Druck aufbauten, Motivationen stellten, Energien
kanalisierten, Ressourcen mobilisierten. Ihr Sprechorgan:
Die Neue Unikonfessionelle Kirche. Die bekannte Rede Bi-
schofs Gebruederlichs – ganz ohne Meta-Cola – keine zwei
Tage nach Verfahrensende. Carfields PopQuot zu diesem
Zeitpunkt: *3.1.*

»... gerade *weil* Mister Carfield unter Ausnutzung unseres
gemeinsamen Glaubens und seiner bemerkenswerten Aus-
strahlung zum Volkshelden avanciert ist, und gerade *weil* er
solch hohe Ideale propagiert, darf der Apparat nicht schla-
fen. Dem falschen Propheten muss Gerechtigkeit widerfah-

ren. Und genau aus diesem Grund werden wir die Klage bis zum obersten Gerichtshof treiben, so Gott will.«

Er wollte nicht. Schon in der zweiten Instanz sollte es zu einem Schuldspruch kommen. Von Carfield selbst war die ganze Zeit nichts zu hören. Entweder konnte oder wollte er sich nicht öffentlich äußern. Dafür wollte und konnte es jeder andere. Ehemalige Anhänger wandten sich gegen ihn, ganze Abteilungen seiner Organisation lechzten nach Denunzierung. So gut sei er überhaupt nicht gewesen, hieß es. Streng und patriarchalisch. Menschlich im klarsten Sinne.

Das Verfahren hatte sich aufgebläht, neue Indizien, neue Zeugen, neue Erkenntnisse. Demnach war Carfield einer der niederträchtigsten und skrupellosesten Paten, den die Welt seit langem erblickt hatte.

Er selber schwieg in den Prozessen, während der Zeugenaussagen und Live-Aufnahmen.

Den Ausschlag – oder das, was Robert später als solchen sah – bildete die Vernehmung von Carfield selbst. Er wirkte immer noch überzeugt, doch seine Augen und sein Mund schienen müde, sein Körper unter der Schwere seines eigenen Kreuzes gebeugt.

»... euer Ehren, wie wir eben von Mister Judd erfahren haben, wurde der Losungsbefehl für die Ermordung Carl Reigans von Mister Carfield persönlich gegeben, während der internen Sitzung vom 04.04.. Mister Carfield, trifft das zu?«

»Ich habe keinen Mordbefehl erteilt.«

»Haben Sie nach den Ausführungen zu Reigans Feindschaft Ihnen gegenüber mit den Worten ›Ich bin der Messias, meines Vaters Wille geschehe‹ geschlossen? Was, so darf ich für die Geschworenen noch einmal betonen, nachweislich der Exekutivbefehl für alle Taten in Ihrer Organisation war?«

»Das sagte ich am Ende jeder Sitzung.«

»Und sagten Sie es auch an diesem speziellen Tag? Antworten Sie nur mit ›Ja‹ oder ›Nein‹.«

Ein Feuer brannte in den Augen Carfields. Doch währte es nur kurz und fraß die letzte Kraft, die ihnen innegewohnt hatte.

»Ja.«

»Ruhe im Gerichtssaal!«

Carfields Anwalt war eine Flasche, und manchmal konnte sich Robert des Gedankens nicht erwehren, seinen Job besser gemacht zu haben.

Es half nichts. Carfield raste in sein Verderben. Der Tag der Urteilsverkündung war einer der dunkelsten in Roberts Leben.

»... schuldig.«

Roberts Wut über ein System, das von Medien offenkundig gesteuert und von Lobbys hinterrücks manipuliert werden konnte, wurde erschlagen von dem Fall in die große Schwärze, als das Strafmaß folgte: *Todesstrafe durch Giftinjektion.* Niemals zuvor hatte ein solch entschiedenes Urteil aufgrund solch haltloser Indizien gefällt werden können; nie zuvor solche Anklagepunkte ein solches Strafmaß gerechtfertigt.

Carfields Reaktion: Ein ausdruckloser Blick zur Decke. PopQuot: *2.2.*

Tatsächlich hatte es World News Channel One geschafft, die Live-Übertragungsrechte für Carfields Hinrichtung zu erwerben. Keine vier Wochen nach Urteilsverkündung sollte es bereits so weit sein. Einzigartig.

»Die Neue Unikonfessionelle Kirche distanziert sich ausdrücklich von der harten Strafe, die Mister Carfield zuteil wurde. Wir wollten seine Verfehlungen nicht ungesühnt lassen, doch das Nehmen von Leben sollte Gott vorbehalten bleiben. Leider waren alle unsere Bemühungen, die Strafe in eine lebenslängliche Haft umzuwandeln, vergebens. Es haben hierbei Kräfte gewirkt, denen wir selbst nicht Herr waren. Wir müssen dies als den Willen unseres Herrn begreifen und akzeptieren.«

Obwohl Carfield hinter Gittern war, verblasste seine Aura in der Welt keineswegs. Ständig hörte man von neuen Berufungsgesuchen seiner Anhänger, ständig tauchten neue Erkenntnisse über seine vermeintlichen Machenschaften auf, ständig zierten redegewandte Jünger oder Nachahmer die Titelseiten und VisuWalls. Auch, wenn es plötzlich keinen einzigen gläubigen Anhänger mehr zu geben schien – reden wollte jeder über seinen einstigen Helden. Carfields PopQuot waren die Ereignisse Fraß genug: *1.7* in der letzten Woche.

Robert hatte gelitten mit Carfield, und war infolge des Urteils in eine tiefe Depression gefallen. Einzig der ständige Konsum der Betonpredigt vermochte es, ihm in jenen schweren Wochen die Kraft zum Weiteratmen zu geben. Doch ihr Strahlen nahm mit jedem Mal ab; und mit jedem Mal mischten sich ein paar Tropfen Skepsis hinzu. Denn zweifelsohne hatten die Monate des Prozesses einige Fragen aufgeworfen, die Robert nicht wirklich verarbeiten, sondern nur hatte verdrängen können. Sie schwemmten allmählich zurück.

Das Anschalten der VisuWall am Hinrichtungstag fiel Robert genauso schwer wie das Injizieren einer eigenen Giftspritze.

Es war ein wirklich gigantisches Ereignis. Stunden vorher war auf allen Sendern von nichts anderem die Rede. PopQuot: *0.9*. World News Channel One hatten die Rechte in alle sendefähigen Länder überteuert weiterverkauft, und als Marktführer immer noch die Gewissheit, die höchsten

Einschaltquoten zu bekommen. Experten kamen zu Wort, ebenso wie Laien. Gegner und Befürworter gleichermaßen. Vor der Vollzugsanstalt stauten sich die Menschenmassen, Hunderttausende. Johnny Stone als Anführer der Todesstrafengegner und *Carfielder*, wie sie sich nannten. Gebrüll, schwankende Schilder, wedelnde Flaggen, Heerscharen von Reportern mit ihrer Kameraartillerie, vorgelagert für die schwersten Attacken. Es war ein heilloses Durcheinander.

Und schließlich war es soweit: Die Zeremonie begann. Die Musik, die Geräusche, alles verstummte, das Bild auf jedem Sender verdunkelte sich, und blendete über in eine sterile Hinrichtungskammer. PopQuot: *0.4.*

Da lag er, aufgeschnallt auf eine stählerne Bare, den einen Arm parallel zum Körper, den anderen im fünfundvierzig Grad Winkel abstehend auf einer eigenen Schiene festgesurrt, mit Spritzen im Arm, die zu farbigen Behältern führten. Er war ausgemergelt, das Gesicht unterlaufen mit Qual, der Blick geschunden. Um ihn herum versammelt waren mehrere Leute. Die Kamera – an der Decke direkt über Carfield montiert – erhaschte nur einen Blick auf ihre Köpfe. Wächtermützen, frisierte Haare, ein aufgeschlagenes Buch.

Robert nahm die Vollzugsworte wie durch einen Schleier wahr.

Die Pumpen setzten ein; Carfield bäumte sich schwächlich auf. Die Farben flossen in seine Venen; Sekunden vergingen, Minuten. Dann: Die letzten Worte. Momente, bevor die Pumpen die letzten Tropfen Gift aus den Behältnissen pressten. Der Blick zur Decke, hinein in die Kamera:

»Vater, hab Gnade – sie bleiben deine Kinder.«

Stille Tränen flossen Roberts Gesicht herab, als das schmerzvolle Stöhnen zu einem leisen Röcheln verkam. PopQuot: *0.0.*

Und just in diesem Augenblick, in diesem Moment des Todes, des von Milliarden Augen beschauten Röchelns, erschien in dezenter Farbe, in elegantem Schwung, in unaufdringlicher Größe folgender Schriftzug: »Carfields Glaubensweg powered by Pespin Coke. Wir reden nicht von Erleuchtung – wir machen sie wahr.«

Dann der letzte Atemzug Carfields. Glasige Augen, die in den Himmel starrten.

Glasige Augen, die auf die VisuWall starrten.

Ein Fachmann ging zum Körper und gab das Okay für die Beendigung. Carfield war tot. Der Schriftzug blieb noch eine Weile, dann verschwand er. Das Bild wurde schließlich wieder zu diversen Moderatoren oder Außenaufnahmen überblendet – je nach Sender – und der Ton fand sich in den ersten, verhaltenen Kommentaren über das Geschehene wieder.

Robert schaltete aus und ließ die Fernbedienung fallen. Er fühlte die Feuchtigkeit auf seinen Wangen von den letzten Tränen und empfand sie als etwas unsagbar Unangenehmes. Er wischte sie weg. Die glasigen Augen gewannen wieder an Schärfe. Langsam begriff er...

PopQuot™ 0.0. Ein gigantisches Comeback für Pespin™ Coke, die die letzten Jahre Gott weiß was getrieben hatten. Damit stellten sie die '26er Kampagne von Meta-Cola™ und der Neuen Unikonfessionellen Kirche mit Gelächter in den Schatten. *Natürlich*. Robert GoodWorld™-Keeler war ein aktiver Konsument, aufmerksam. Er ließ sich nicht so leicht manipulieren, oh nein, er wusste, worauf es am Ende ankam. Er hatte begriffen. Oh ja. *Ganz bestimmt.*

»Du gerissener Mistkerl...«, flüsterte er mit überlegenem Lächeln und einem Blick auf die rückgabefähige Betonpredigt CMC von Orderday™ – die Augen noch rot, doch die Zähne dafür umso weißer. »Fast hättest du mich gehabt.«

Hat dir die Geschichte gefallen? DPS freut sich auf den Kontakt mit dir! Nutze dafür die folgenden Möglichkeiten, sortiert vom geringsten zum größten Aufwand:

1) Vernetze dich mit DPS auf sozialen Medien

Folge DPS auf Facebook, Twitter und YouTube, um stets auf dem neuesten Stand zu bleiben:
- facebook.com/danielpschenk
- twitter.com/danielpschenk
- youtube.com/danielpschenk

2) Trage dich in DPS' Newsletter ein

Verpasse keine Geschichte der DYSTOPIAN TALES und schreibe dich jetzt auf DPS' offiziellen Newsletter ein. So erfährst du als erster von jeder neuen Veröffentlichung. Deine Daten werden streng vertraulich behandelt.
- danielpschenk.com/de/newsletter

3) Schreibe DPS ein kurzes Feedback

Ob ein einzelner Satz oder eine ganze Rezension: DPS und sein Team freuen sich sehr über deine Rückmeldung. Schicke deine E-Mail einfach an:
- feedback@danielpschenk.com

4) Unterstütze DPS' Arbeit mittels Funding

... und werde jetzt zu seinem Patron! Deine Spende lässt künftige Projekte Wirklichkeit werden. Mehr Infos unter:
- danielpschenk.com/de/patron-werden

Über die Dystopian Tales

Um Welten, die vor ihrem Untergang stehen, oder die ihn vielleicht schon erlebten – darum soll es in DANIEL P. SCHENKS gesellschaftskritischer Reihe der DYSTOPIAN TALES gehen. Gefangen in versagenden Gesellschaften, falschgedachten Entwicklungen oder in Lösungen, die sie einfach nicht akzeptieren können: Mit aller Kraft kämpfen die Protagonisten um eine Befreiung, für die es vielleicht schon zu spät ist...

Beginnend mit MESSIAS VOL. II werden die Kurzromane seit 2016 als Taschenbücher und Kindle eBooks veröffentlicht.

In der Reihe bereits erschienen:
1. MESSIAS VOL. II
2. GLÜCKSDIENST (in Vorbereitung)

Mehr Infos im Web unter:
☞ dystopiantales.com

Folge den Dystopian Tales auf Facebook!
☞ facebook.com/DPSchenksDystopianTales

Nicht verpassen: Beyond the Bridge

DPS' erster abendfüllender Spielfilm entführt die junge Kunststudentin Marla Singer auf eine düstere Odyssee zwischen Wirklichkeit und Wahn. Ein wendungsreicher Psycho-Thriller mit Mystery- und Horrorelementen.

Gedreht in englischer Sprache, ist der Film stark inspiriert von Horror-Games und beherrscht von einem düster-melancholischen Soundtrack. DPS' Schwestern entwickelten gemeinsam mit ihm die Story und spielen auch die Hauptrollen.

Mehr Infos im Web unter: